Quick

Norbert Böseler

Quick

Drei Monate Leben

Bibliografische Information der Deutschen Nationalbibliothek:
Die Deutsche Nationalbibliothek verzeichnet diese Publikation in
der Deutschen Nationalbibliografie; detaillierte bibliografische
Daten sind im Internet über http://dnb.dnb.de abrufbar.

Impressum

Herstellung und Verlag: BoD – Books on Demand,
Norderstedt

ISBN: 978-3-7347-5184-4

Inhalt

Warten

Abgeschnittene Fingernägel lagen wahllos verstreut auf dem alten Tisch. Wie verendete Mehlwürmer verteilten sie sich auf der zerkratzten Holzplatte. Einige befanden sich auch auf dem verblichenen Dielenboden, direkt neben einem Büschel grauer Haare. Fein säuberlich aufgereiht standen zwischen den Fingernägeln sechs Patronen. Silbern glänzten sie im ersten Tageslicht. Mit zitternder Hand nahm der alte Mann die erste Patrone von links und führte sie zu der geöffneten Trommel seines handlichen Revolvers. Seine unruhige Hand verfehlte zunächst das kleine Ladeloch. Beim zweiten Versuch drückte er die Kugel ohne Probleme in die gähnende Leere der Aufnahme. Nach und nach lud er die restlichen fünf Patronen ein, schloss die Trommel, und legte die Waffe auf den Tisch ab.

Ihm war kalt. Nur mit T-Shirt und Jeans bekleidet, saß er vor Kälte bibbernd auf einem wackeligen Holzstuhl. Seine nackten Füße steckten in Sandalen. Die Zehennägel hatte er nicht abgeschnitten. Er würde es später nachholen, wenn es noch ein Später gab.

Obwohl es mitten im Sommer war, hatte es sich in der Berghütte die Nacht über merklich abgekühlt. Jetzt am frühen Morgen schienen aber schon die ersten Sonnenstrahlen durch das verschmutzte Butzenfenster. Eine leichte Windböe drang durch die zum Teil lückenhafte Verbretterung ins Innere und wirbelte Staub auf, der im jungfräulichen Tageslicht durch die Luft tanzte. Es würde nicht mehr lange dauern, bis die Sonne hoch über dem Berg stand und mit ihrer strahlenden Kraft die Hütte erwärmte. Solange musste der alte Mann hier ausharren, wahrscheinlich noch länger. Hoffentlich nicht noch eine Nacht. Er wusste nicht, ob er eine weitere Nacht bei eisiger Kälte überleben würde. Sowieso beschäftigte ihn die Frage nach dem nahenden Lebensende. Sein Körper hatte in den letzten Tagen doch rapide abgebaut. Geistig war er nach wie vor fit, aber die Müdigkeit, die sich in seine maroden Glieder schlich, bereitete ihm große Sorgen. Die Altersflecke in seinem Gesicht und auf den Armen vermehrten sich täglich und übersäten seine sonnengebräunte leicht runzelige Haut. Seine Haare und der Bart wurden mit der Zeit immer grauer, was er aber nicht als störend empfand. Die langen Haare hatte er zu einem Zopf zusammengebunden, so konnte er sie einfacher abschneiden, wenn sie zu lang wurden. Es war noch gar nicht lange her, da hatten seine Haare die Farbe von Ebenholz. Erstaunlicherweise verfügte er über makellose Zähne, noch befanden sich alle an Ort und Stelle, was er sehr verwunderlich fand. Sonderbar waren nicht nur die Zähne des alten Mannes.

Er hieß Nick, wurde aber von bestimmten Leuten, die ihn nur als Wunder der Natur betrachteten, Quick genannt. Seine Mutter hatte er nie kennengelernt. Auf seinen Vater wartete er jetzt. Wie sein Erzeuger hieß, wusste er nicht, wahrscheinlich Luzifer, denn er schien direkt aus den Tiefen der Hölle zu kommen.

Quick war drei Monate alt und wartete.

Das Ei

Das Ei lag auf dem Grund einer Felsspalte. Es unterschied sich mit seiner aschgrauen Färbung kaum von den umliegenden Felsbrocken. Die Oberfläche des Eies war glatt und zu einem perfekten Oval gerundet. Es hatte eine überdimensionale Größe, an der längsten Stelle fast achtzig Zentimeter lang. Im Hintergrund zeichneten sich dunkle Umrisse einer Grotte ab. Es könnte aber auch der Zugang zu einer verborgenen Höhle sein, die mit aufgetürmten Gesteinsbrocken unzugänglich gemacht worden war. Die hochstehende Sonne schien durch die enge Felsspalte und erhellte das riesige Ei, dessen Schale im Licht glänzte. Jeden Tag um diese Zeit erwärmte das einfallende Sonnenlicht das Ei, so, als läge es in einer natürlichen Brutmaschine. Seit wie vielen Tagen oder gar Jahren dem so war, vermochte keiner zu sagen. Doch am heutigen Tag fing das Ei an sich zu bewegen. Langsam, kaum mit bloßem Auge erkennbar, schaukelte es leicht hin und her. Wenn man genau hinhörte, konnte man ein dumpfes Klopfgeräusch hören.

„Tack, Tack, Tack", als würde jemand von innen auf das Ei einhacken. Die schwankenden Bewegungen nahmen zu, aber das übergroße Ei kam nicht ins Rollen. Der Felsboden war eben und verhinderte somit, dass das Ei gegen einen Stein stieß und zerbrach. So musste sich das, was in dem ovalen Rund steckte, aus eigener Kraft befreien. Dass etwas schlüpfen wollte, war nun ganz offensichtlich. Die hackenden Geräusche nahmen zu. Obwohl die engen Felswände den Klang zum Teil verschluckten, konnte man sie deutlich hören.

„Tack, Tack, Tack."

Ein feiner Riss bildete sich auf der glatten Oberfläche des Eies. Dann zeichneten sich weitere fadengleiche Risse ab. Mehr und mehr entstand ein Netz aus haarfeinen Äderchen. In der Mitte des Netzes formte sich eine geringfügige Wölbung, die stetig anwuchs. Dann hielt das Ei dem Druck nicht mehr stand und ein kleines Stück Schale brach aus der Wölbung heraus. Es fiel an der Außenhaut entlang hinunter und kam auf dem Felsboden zum Liegen. Das herausgebrochene Stück Schale war außergewöhnlich dick. Es folgte ein weiteres „Tack, Tack, Tack", welches nun anders klang, als bei dem geschlossenen Ei. Nach einigen weiteren Hackgeräuschen durchbrach ein spitzer, leicht gebogener Schnabel das Netz aus Rissen, woraufhin erneut ein Stück Schale zu Boden fiel.

Es herrschte eine gespenstische Ruhe. Der Bewohner des Eies schien sich zu erholen. Man konnte bei genauerem Hinhören, schmatzende Geräusche vernehmen. Kurze Zeit später bewegte sich das gigantisch anmutende Ei wieder.

Zwei kleine dunkle Finger ragten plötzlich aus dem entstandenen Loch, dann folgte eine menschliche Hand. Die kleine Hand machte sich an der Eischale zu schaffen, brach systematisch weitere Stücke heraus. Langsam aber stetig vergrößerte sich das Loch. Mit scheinbar stoischer Ruhe verschaffte sich das Wesen im Ei immer mehr Freiraum, und eine zweite Hand kam zum Vorschein. Etwas Schleimiges tropfte von der Hand und lief die Außenhülle des Eies hinab. Das Schlupfloch nahm an Umfang zu. Als das Loch scheinbar groß genug war, verdunkelte es sich, und langsam stieß ein Kopf hindurch. Vorsichtig schob sich der Kopf durch die Öffnung nach oben. Dann blickten ein paar Augen ins Freie. Schleim lief vom Schädel über die Augen. Der kleine Eibewohner wischte es ab. Mit seinen kleinen geballten Fäusten schlug das Wesen auf die sperrige Oberfläche ein, dabei tropfte weiterer Schleim von dessen spitzem Kinn. Als die dicke Schale weit genug herausgebrochen war, stemmte sich das Neugeborene vollends aus dem Ei. Ein menschliches Baby mit dunkler Hautfarbe hatte das Licht der Welt erblickt.

Das Neugeborene legte sich auf den harten Felsboden und ließ sich von der einfallenden Sonne wärmen. Die glibberige Masse an seinem Körper trocknete ab und hinterließ helle Flecken auf der dunklen Haut. Nase und Mund des Babys sahen noch etwas unförmig aus, bildeten sich aber sichtlich zurück, und nahmen menschliche Züge an. Es atmete gleichmäßig, dabei gab es schmatzende Geräusche von sich. Unverkennbar war, dass es sich bei dem geschlüpften Baby, um einen Jungen handelte. Nach wenigen Minuten sah der Säugling ganz normal aus. Mit hellwachen Augen erkundete der dunkelhäutige Junge die neue Umgebung. Die nun klaren Formen des Gesichtes bildeten ein verschmitztes Lächeln. Der

Säugling rappelte sich an dem Ei hoch und griff mit beiden Händen hinein. Er schöpfte den schleimigen Dotter ab und trank es aus seinen Händen. Immer wieder langte der Kleine in das Loch und trank die grünlich gelb aussehende Flüssigkeit. Als er gesättigt zu seien schien, legte der Säugling sich hin, schloss die Augen und schlief ein.

Mit den ersten Sonnenstrahlen des neu angebrochenen Tages wachte der kleine Junge auf. Sofort machte er sich an dem Ei zu schaffen und trank, daraufhin ruhte er eine Weile und trank weiter. Als während einer längeren Erholungsphase, ein dicker schwarzer Käfer über seine Beine krabbelte, griff sich der Junge den Käfer und aß ihn auf.

Am Nachmittag inspizierte er die befremdende Umgebung. Besonders interessiert sah er nach oben die Felsspalte hinauf. Sie war eng, aber er würde hindurchpassen, noch war er klein genug, er durfte nur nicht allzu lange warten. Der Junge erhob sich vom Boden und ging mit leicht wackeligen Beinen zum Ei. Ein letztes Mal trank er von dem schon stark riechenden Inhalt. Das Menschenkind ruhte noch zwei Tage und Nächte. In den Wachphasen ernährte es sich von krabbelndem Getier, sammelte somit Kraft und Energie, bis sein kleiner Körper stark genug war, um den Aufstieg bewältigen zu können. Geleitet von seinem Instinkt, wandte der kleine Junge aus dem Ei sich der Felswand zu, nahm noch einmal alles in Augenschein, und kletterte hoch.

Das Date 1

Janine Huber blickte unzufrieden in den Spiegel. Sie hatte heute ein Date und wollte unbedingt gut aussehen. Ihre blasse Gesichtsfarbe hatte sie so gut wie möglich überschminkt, ohne dabei unnatürlich zu wirken. An der Nase waren aber immer noch die Druckstellen von ihrer Brille zu erkennen und darüber ärgerte sie sich maßlos. Sie sollte sich die Augen lasern lassen, hatte aber Angst davor. Kontaktlinsen waren ihr zu umständlich. Ihre verhasste Brille würde sie heute Abend nicht benötigen, denn so schlecht sah sie nun auch wieder nicht. Sie hatte nicht vor mit dem Auto zu fahren und lesen wollte sie auch nicht. Wichtig war, dass sie dem Mann gefiel, den sie heute treffen würde. Sie hatte sich bei mehreren Singlebörsen registriert, und war seit einem Jahr auf der Suche nach der großen Liebe. Ihr Profilbild hatte sie von einem professionellen Fotografen machen lassen, inklusive Maskenbildner. Das hatte ein kleines Vermögen gekostet, aber das Ergebnis war phänomenal. Das Bild verfehlte seine Wirkung im Internet nicht. Viele Männer traten mit ihr in Kontakt, leider meistens ohne ernste Absichten. Sie hatte in dem vergangenen Jahr fünf Treffen gehabt, die alle im Sande verliefen. Drei waren von ihrem unverfälschten Aussehen merklich enttäuscht gewesen, die zwei anderen Anwärter, hatten nur Sex gewollt. So naiv, wie sie war, suchte sie auf diesen Weg nach dem Partner fürs Leben. Äußerst selten, nahm sie die Gelegenheiten war, um auszugehen. Hin und wieder ging sie mit ihrer Freundin Laura essen, oder ins Kino. Manchmal klang der Abend auch in einer Disco aus, wo die beiden dann ausgiebig tanzten. Männerkontakte blieben aber aus. Janine führte dieses Manko auf ihre Schüchternheit und ihr unscheinbares Aussehen zurück. Sie war eine zierliche Person, einssiebzig groß, und sehr schlank. Weibliche Formen ließen sich nur in enger Bekleidung erahnen. Sie hatte ein hübsches Gesicht, leider mit einer etwas zu groß geratenen Nase. Ihre blonden Haare trug sie mittellang und verdeckte damit die etwas abstehenden Ohren. Sie empfand sich nicht als hässlich, aber auch nicht als schön. Zu ihrem eigenen Bedauern war sie mit fünfundzwanzig Jahren immer noch Jungfrau.

Janine akzeptierte ihr Spiegelbild und ging ins Schlafzimmer. Sie zog die reizvollsten Dessous an, die sie besaß. Sie hatte die Sachen bereits gestern nach mehrfachen Anproben ausgesucht. Dunkle Seidenstrümpfe mit karierten durchsichtigen Mustern, ein schwarzer kurzer Rock und eine dunkelrote eng anliegende Bluse. Fertig angekleidet, stellte sie sich vor den großen Spiegel ihres Kleiderschrankes, drehte sich nach rechts, drehte sich nach links, betrachtete ihren Hintern, und war mit sich weitestgehend zufrieden. Das Mauerblümchen war verwelkt, der Spiegel zeigte eine Frau in voller Blüte. Diese Blüte sollte sich heute noch weiter entfalten, das hatte sie sich fest vorgenommen. Sie wollte ihr Leben nicht weiter träumen, sondern die Träume leben. Sollte der Abend intim enden, wollte

Janine sich nicht dagegen sträuben. Diesen Vorsatz hatte sie schon vor zwei Wochen getroffen, als Falcao sie zum ersten Mal kontaktierte. Er war ein außergewöhnlicher Mann, nicht nur wegen seiner dunklen Hautfarbe. Er vermittelte ihr eine Sympathie, wie sie es noch nie zuvor im Chat erlebt hatte. Ihr fiel es leicht, mit ihm zu kommunizieren, es machte ihr sogar richtiggehend Freude Worte auszutauschen, was nicht oft vorkam, da sie selbst im Chat sehr gehemmt war. Sie hatte sich in den vergangenen zwei Wochen in einen virtuellen Mann verliebt, wenn sowas überhaupt möglich war. Aber das Kribbeln im Bauch konnte sie nicht verleugnen.

Ein schrilles Läuten an der Wohnungstür riss sie aus ihren Gedanken. Janine begab sich in den Flur und öffnete die Tür.

„Laura komm rein. Ist es schon so spät?"

„Achtzehn Uhr hatten wir ausgemacht, und die haben wir jetzt. Du weißt doch, dass ich im Gegensatz zu dir immer pünktlich bin, Janine."

Laura zog die Tür zu, und folgte ihrer besten Freundin ins Schlafzimmer.

„Wow, du siehst aber scharf aus Janni, der Typ wird Augen machen."

„Danke, findest du nicht, dass ich mit den Klamotten zu aufreizend aussehe? Ich möchte nicht, dass er ein falsches Bild von mir bekommt."

Janine war die Meinung ihrer Freundin sehr wichtig, ihr vertraute sie sich völlig an.

„Nein überhaupt nicht Janni, du darfst ruhig mit deinen Reizen spielen, und dem Mann Appetit machen. Langeweile war gestern, heute lass es ruhig krachen, wenn dir so viel an ihm liegt. Treff dich mit ihm, plaudert ein bisschen, und der Rest wird sich ergeben. Bleib einfach locker Schätzchen. Wir sollten uns jetzt aber sputen, sonst hat er sich verdünnisiert, bevor du ihn erstmals leibhaftig gesehen hast."

Die beiden gingen zurück in den Flur, wo Janine eine dunkle Jeansjacke vom Garderobenhaken nahm, da es sich in der Nacht noch merklich abkühlte. Ganz wichtig war, ihre gut sortierte Handtasche mitzunehmen, falls sie ihr Make-up nachbessern musste und damit sie vor unvorhersehbare Ereignisse gewappnet war. Manchmal konnten Kleinigkeiten aus einer Frauenhandtasche wahre Wunder bewirken.

„Wir können", sagte Janine.

„Schuhe?", meinte Laura, und deutete auf Janines kariert gemusterte Füße.

„Oh Shit, wie peinlich".

Janine blickte grübelnd zu ihrem Schuhschrank.

„Die Roten!"

„Findest du?"

„Die Roten!"

Janine gab sich geschlagen und zog ihre roten Pumps an. Laura nickte anerkennend und öffnete die Wohnungstür. Janine folgte ihr in den Hausflur und schloss die Tür ab. Eine halbe Stunde später hatten die jungen Frauen ihr Ziel erreicht.

Der Mutant

Das Menschenkind aus dem Ei verbrachte seine kurze Kindheit in den Wäldern am Fuße der Berge. Niemand bekam es in jener Zeit zu Gesicht. Es wuchs unter primitivsten Bedingungen auf, wo die Natur ihm Nahrung, wie Fleisch, Beeren und Früchte, lieferte. Der Junge reinigte sich an kristallklaren Bächen und trank das erfrischende Wasser. Er erreichte das Alter eines Teenagers und näherte sich langsam der Zivilisation. Aus dem Wald heraus beobachtete er unbemerkt die Menschen in einem anliegenden Dorf. Eines Nachts stahl er von einer Wäscheleine passende Kleidung. Sie fühlte sich auf seiner Haut an wie ein Fremdkörper. Diese Vermummung löste Unbehagen in ihm aus, weil sie seine unschätzbare Freiheit einengte. Nur langsam konnte er sich damit abfinden, sein Körper verhüllen zu müssen, wenn er sich unter das Menschenvolk mischen wollte. Wenige Tage später fasste er all seinen Mut zusammen, trat aus dem Wald heraus, und ging unbehelligt durch das Dorf. Er bemerkte die neugierigen Blicke der Menschen, die ihn wie einen Außerirdischen ansahen. Im Grunde kam er auch nicht von dieser Welt, was man ihm aber nicht anmerken konnte. Er sah ausschließlich weiße Menschen. Vielleicht beruhte die Aufmerksamkeit, die man ihm entgegenbrachte, auf seine Hautfarbe. Niemand sprach ihn an, worüber er froh war. Er durchquerte das Dorf schnellen Fußes. Am Ende des kleinen Ortes spielten Kinder im Vorgarten eines schmucken Fachwerkhauses. Sie sangen dabei ein fröhliches Kinderlied. Der junge Mann stoppte und lauschte dem Lied der Kinder. Dann setzte er sich wieder in Bewegung und verließ das Dorf über eine schmale Landstraße. Obwohl er zuvor noch nie ein Wort gesprochen hatte, sang er leise das Kinderlied vor sich hin.

Er durchstreifte auf seinen weiteren Weg immer wieder Wälder, um nach Nahrung zu suchen. Wenn er jagte, nahm er seine wirkliche Gestalt an. Er konnte mutieren, wann immer er wollte. Noch war seine Mutation nicht vollkommen, aber zum Jagen von Wildtieren reichten die ihm angeborenen Fähigkeiten völlig aus. Blitzschnell fing der junge Mutant seine Beute und tötete sie, indem er seinen scharfen Schnabel in den Leib des Tieres rammte. Mit dem leicht nach unten gebogenen Schnabel riss er das rohe Fleisch aus dem leblosen Körper und verschlang es in großen Stücken. Nach der Rückwandlung wusch er sein blutverschmiertes Gesicht an der nächsten Wasserstelle.

Die Orte, durch die er kam, wurden größer, er begegnete mehr Menschen, von denen er lernte, indem er ihre Verhaltensweise beobachtete. Instinktiv nahm er alles auf und sein ausgeprägtes Gehirn verarbeitete all seine Wahrnehmungen. Es dauerte nicht lange, bis er die Sprache der Menschen beherrschte. Er lernte lesen, wobei aus Buchstaben Worte wurden, die er zuordnen konnte. Er führte erste Unterhaltungen, mit Leuten, die er ansprach, dafür hatte er Hemmschwellen überschritten, die ihn zuvor davon abhielten. Nun aber gliederte er sich Schritt für Schritt ein, wurde Teil der menschlichen Gesellschaft, und passte sich deren Gepflogenheiten an. Sein Weg führte weiter, immer weiter in die Zivilisation hinein. In einer Kleinstadt traf er auf die ersten farbige Menschen, was er mit Wohlwollen zur Kenntnis nahm. Immer wieder musste er sich neue Kleidung besorgen, da sein Körper kräftiger und größer wurde. Als der menschliche Mutant die erste Großstadt erreichte, war er ein ausgewachsener Mann, er hatte seine Geschlechtsreife erlangt, und somit war auch sein Alterungsprozess abgeschlossen.

Er stellte schnell fest, was es benötigte, um in der Gesellschaft Fuß fassen zu können. Geld und eine Identität. Er blieb in der großen Stadt, hier fiel er nicht auf, hier konnte er weiter lernen, und mit Menschen in Kontakt treten. Er stellte sich in die Fußgängerzone und sang Lieder, die er irgendwo einmal gehört hatte. Er hatte eine schöne sanfte Stimme, die er gekonnt einsetzte. Als Lohn erhielt er von Passanten sein erstes Geld. Er nahm Jobs an, wo er nicht nach seiner Herkunft gefragt wurde. Von seinem ersparten Geld kaufte er neue Kleidung und Lebensmittel, an die er sich langsam gewöhnen musste. Rohes Fleisch verzehrte er nach wie vor. Im Schutze der Nacht schlich er sich in die Stallungen eines Mastbetriebes und stillte seinen Hunger mit Fleisch von Schweineferkel. Die blutige Nahrung spendete ihm mehr Energie als alles andere. In der Nähe des Mastbetriebs befand sich ein verfallenes

Gemäuer, wo er nachts ruhte. Schlaf benötigte der Mutant kaum, ihm genügten Phasen des Ruhens.

Tagsüber verweilte er in der Stadt. Manchmal stand er stundenlang vor Elektronikgeschäften und sah sich im Schaufenster laufende Fernsehprogramme an. Die bunte Welt der digitalen Medien faszinierte ihn. Oft ging er auch hinein und informierte sich über Computer. Als er genügend Geld angespart hatte, kaufte er sich einen Laptop inklusive Internetnutzung. Er unterschrieb den Vertrag mit einem falschen Namen, da er immer noch keine Identität besaß. In dem alten Gemäuer tauchte er in die vielfältigen Dimensionen des Internets ein. Er sog so viele Informationen auf, wie nie zuvor in seinem kurzen Dasein. Er fand Wege, um an Geld zu kommen, und Möglichkeiten, wie er sich Papiere beschaffen konnte. Sein Verstand wurde von seinem angeborenen Instinkt gelenkt, so fand er immer die richtigen Mittel, um das angestrebte Ergebnis zu erreichen. Wofür der Mensch Jahre brauchte, schaffte der dunkelhäutige Mann aus dem Ei in wenigen Stunden. Er beschäftigte sich mit afrikanischen Immigranten und erschuf für sich eine Legende. Um an die nötigen Papiere zu kommen, benötigte er professionelle Hilfe. Er recherchierte so lange, bis er die geeignete Person gefunden hatte. Wenige Tage später war er im Besitz von blitzsauber gefälschten Dokumenten. Nach der Übergabe tötete er den Fälscher und kostete ein Stück von dessen Fleisch. Es schmeckte widerlich.

Nun konnte er auf legale Weise ein unauffälliges Leben führen. Nach zweitägiger Probezeit fand er eine Anstellung als Programmierer und entwickelte fortan Software für Onlinespiele. Die Betriebsleitung kam aufgrund seiner Fähigkeiten aus dem Staunen gar nicht mehr heraus. Er überzeugte mit Wissen und Leistung, die Anerkennung hervorrief.

Er mietete eine kleine Wohnung im Zentrum der Stadt an, die er modern einrichtete. Dank seiner übernatürlichen Begabungen, und schneller als erwartet, intrigierte er sich innerhalb kürzester Zeit im bürgerlichen Leben der Menschen. Er hatte sein erstes Ziel erreicht. Als Sohn südafrikanischer Einwanderer hatte er in einer Welt Fuß gefasst, die er verändern wollte. Sein einziges Bestreben galt nun der Fortpflanzung seiner einzigartigen Rasse.

Das Date 2

Janine verabschiedete sich von Laura mit einem flüchtigen Kuss auf deren Wange, dann stieg sie aus.

„Ich wünsch dir viel Glück Janni. Ruf mich morgen bitte an, du weißt ja, wie neugierig ich bin."

„Mach ich ganz sicher", versprach Janine und überquerte die Straße.

Sie holte noch einmal tief Luft, danach betrat Janine das kleine schmucke Restaurant. Zweimal hatte sie bereits hier ein Treffen arrangiert. Dies war der ideale Ort, um sich bei einem guten Essen kennenzulernen. Der Wirt begrüßte sie freundlich und führte sie zu ihrem reservierten Platz. Er fragte, ob sie schon etwas trinken möchte, was sie zunächst dankend ablehnte.

Sie hatte einen etwas abseits gelegenen Tisch für zwei Personen reserviert und konnte den ganzen Raum gut überblicken. Etwa die Hälfte der Plätze waren besetzt, meist junge Pärchen, die gemütlich den Tag ausklingen lassen wollten. Von ihrer Verabredung sah sie bislang noch keine Spur. Sie wurde schon ein wenig nervös, als die Eingangstür sich öffnete, und ein hünenhafter farbiger Mann das Lokal betrat. Er sah sich kurz um und blickt dann lächelnd in ihre Richtung. Janine spürte, wie ihr Herz plötzlich schneller schlug. Der Mann kam geradewegs auf sie zu. Er hatte eine dunkelrote Rose in der Hand und überreichte sie Janine auf charmante Weise.

„Eine Blüte für eine Blüte", begrüßte er sie, nahm ihre Hand, und hauchte einen sanften Kuss auf ihre kribbelnde Haut.

„Ich bin Falcao Mashego, es freut mich sehr, dich zu sehen!"

„Janine, Janine Huber, nenn mich aber bitte nicht Hübchen, damit wurde ich schon zu oft in meinem Leben gehänselt", sagte Janine leicht verschämt.

„Würde ich nie wagen, darf ich mich setzen?"

„Aber natürlich. Ich bin ganz fasziniert, entschuldige bitte."

„Inwiefern fasziniert?", fragte Falcao.

„Von deiner Größe, da ich ja nur dein Profilbild kenne, und nun steht ein riesiger Mann vor mir."

„Enttäuscht?"

„Nein, im Gegenteil, du siehst toll aus!"

„Danke, du aber auch, wie ich schon sagte, du bist eine prachtvolle Blüte des Lebens."

Janine bemerkte, wie ihr das Blut in den Kopf stieg, und sie erröteten ließ. Falcao lächelte verschmitzt und nahm ihre Hand. Er trug ein hautenges weißes T-Shirt, welches einen durchtrainierten Oberkörper erahnen ließ. Janine bemerkte, dass er keine Behaarung an den Armen hatte. Die Glatze kannte sie von seinem Bild im Chat, dennoch war sie überrascht, wie glatt sein Gesicht im Lampenschein glänzte. Nicht der Ansatz von Haarstoppeln war zu erkennen. Erst jetzt fiel ihr auf, dass er auch keine Augenbrauen hatte, sogar die Wimpern fehlten. Janine konnte ihren Blick nicht mehr abwenden und musste fragen.

„Nimm es mir bitte nicht übel Falcao, aber ich hätte da mal eine blöde Frage, weil ich ein neugieriges weibliches Wesen bin. Rasierst du dich am ganzen Körper? Ich sehe bei dir keine Haare, nicht einmal Augenbrauen. Ist mir auf deinem Foto im Netz nie aufgefallen."

Falcao musste lächeln.

„Stehst du nicht auf glattrasierte Männer?"

„Doch, doch, ich bin von dir begeistert, mehr als positiv überrascht, es ist nur ungewöhnlich bei einem so stattlichen Mann. Nicht, dass du auf mich nicht männlich wirkst, im Gegenteil."

„Ich muss mich nicht rasieren, worüber ich auch nicht sonderlich böse bin. Es handelt sich bei mir um eine seltene Art von Hormonstörung. Es ist nichts Besorgniserregendes, wie die Ärzte mir versichert haben. Ansonsten habe ich alles, was ein Mann so braucht, und es funktioniert einwandfrei, falls du da Bedenken haben solltest."

Wieder schoss Janine ein Schwall überschüssiges Blut in den Kopf, und sie sah verlegen auf ihre Hände.

„Wir sollten die Karte kommen lassen, ich bekomme langsam Hunger", sagte Falcao, und machte sich mit erhobenem Arm beim Kellner bemerkbar.

Während des Essens fand Janine ihre Lockerheit wieder. Falcao war sowieso souverän und hatte immer einen netten Spruch parat. Sie unterhielten sich über Dinge, die sie voneinander noch nicht wussten, oder vertieften Themen, die sie im Chat schon einmal angerissen hatten. Falcao gab nicht viel Privates über sich preis, sprach aber mit Begeisterung von seiner Arbeit als Softwareprogrammierer. Er berichtete von Spielen, die er mit entwickelt hatte, von denen Janine sogar einige kannte. Sie teilte ihm ihre Meinung mit, und machte Verbesserungsvorschläge, die er nicht immer teilen konnte. Janines Selbstbewusstsein wuchs in ungeahnte Höhen. Sie fühlte sich in der Nähe von Falcao ungemein wohl. Ja, sie mochte ihn. Noch nie hatte sie ein so harmonisches Date wie heute Abend erlebt.

Sie tranken ein letztes Glas Wein, daraufhin bezahlte Falcao die Rechnung.

„Was machen wir jetzt?", fragte er anschließend.

„Was schlägst du vor?"

„Ein paar Straßen weiter gibt es eine nette Bar. Wir könnten noch etwas trinken, und ein Tänzchen wagen, denn dort spielen sie schöne Musik. Es wird dir gefallen."

Janine gefiel der Vorschlag. Sie verließen das Restaurant und gingen zur besagten Bar. Auf dem Weg dorthin nahm er ihre Hand in die Seine. Sie fühlte sich außergewöhnlich warm an.

Falcao hatte Recht, in der Bar herrschte eine wunderbare Atmosphäre, und die Musik war nach ihrem Geschmack. Viele Pärchen tummelten sich in den zwei voneinander getrennten Räumlichkeiten. In der einen Hälfte konnte man Drinks zu sich nehmen und sich bei lauschigen Klängen unterhalten. In der anderen Hälfte spielten sie Tanzmusik und die Tanzfläche war gut gefüllt. Von daher bestellten die beiden sich zunächst einen Cocktail, damit machten sie es sich auf einem Ledersofa gemütlich. Sie plauderten etwa eine Stunde lang, bevor sie in das Tanzlokal gingen. Falcao forderte sie gleich auf, da gerade ein ruhiges Stück gespielt wurde. Engumschlungen bewegten sie sich nach dem Rhythmus der Musik. Sie war erneut über seine Wärme erstaunt, die nun auch ihren Körper befiel. Voneinander angezogen näherten sich ihre Münder. Sanft berührten seine Lippen die ihren. Sie öffnete leicht den Mund, ließ seine Zunge gewähren, und erwiderte sein Zungenspiel. Ein Glücksgefühl, wie sie es noch nie erlebt hatte, strömte durch ihren Körper. Sie versank in eine Welt, die sie immer gesucht hatte.

Nach zwei weiteren Tänzen und einem letzten Cocktail, beschlossen sie die Bar zu verlassen.

„Ich möchte, dass du mit zu mir kommst, Falcao! Der Abend ist wunderschön, und für mich etwas Besonderes, ich möchte ihn nicht hier auf der Straße ausklingen lassen."

„Ich rufe uns ein Taxi", sagte Falcao erfreut und holte ein Handy aus seiner Hosentasche.

Eine halbe Stunde später waren sie in Janines Wohnung. Während der Fahrt hatte keiner von ihnen gesprochen, beide waren in ihren Gedanken versunken. Jetzt, als Janine die Wohnungstür hinter sich schloss, ließen sie ihren Gefühlen freien Lauf. Sie streiften alle Hemmungen ab und küssten sich leidenschaftlich. Falcao zog sein T-Shirt aus, drückte Janine an sich, und küsste sie erneut. Janine schob den hünenhaften Mann zur Schlafzimmertür, die nur angelehnt war, und schubste ihn im Schlafzimmer aufs Bett.

Das Mauerblümchen war nun endgültig verwelkt und entblätterte sich langsam vor den erwartungsvollen Blicken ihres Liebhabers. Nackt fiel sie in Falcaos Arme, küsste ihn, und öffnete dabei seine Hose. Sie schmiegte sich an seinen starken Körper, genoss die Berührungen seiner dunklen sanften Haut. Nicht ein Härchen stellte sich ihren zärtlich forschenden Händen in den Weg. Er liebkoste ihre festen Brüste, als ihre Hand in seine Shorts glitt. Sie umfasste das harte Glied und stimulierte es mit fließenden Bewegungen. Sein Geschlecht war warm und wuchs weiter an, wurde noch härter. Es kam Janine riesig vor. Trotz der vorherrschenden Lust bekam sie ein mulmiges Gefühl. Falcao drehte Janine auf dem Bett zur Seite, stand kurz auf, um seine Jeans und Shorts abzustreifen, und legte sich dann auf die schmächtige Frau. Er stützte sich mit den Armen ab und küsste sie sanft. Sie konnte sein Geschlecht zwischen ihren Oberschenkeln spüren. Ihr Verlangen stieg ins Unermessliche, doch die Vernunft war stärker.

„Warte bitte Schatz!", sagte sie plötzlich, und drehte sich zum Nachtschrank.

„Ich möchte, dass du ein Kondom benutzt, wenn es dir nichts ausmacht. Entschuldige bitte!"

„Kein Problem."

Falcao nahm Janine das Präservativ aus der Hand, öffnete vorsichtig die Verpackung, und zog es über.

Sie fanden ihre Leidenschaft augenblicklich wieder. Als Falcao in sie eindrang, verspürte Janine einen heftig stechenden Schmerz. Der Schmerz ebbte schnell ab und verwandelte sich in ein unbeschreibliches Gefühl. Wellen der Lust durchfuhren die junge Frau. Als Falcao sich schneller bewegte, bauten sich neue Wellen auf. Kurz bevor sie brachen, hielt er inne.

„Dreh dich bitte um Schatz, ich möchte auch deine schöne Kehrseite liebkosen. Schließ die Augen und genieße."

Janine legte sich voller Erwartungen auf den Bauch. Falcaos Lippen erforschten sinnlich ihren Rücken. Bevor er wieder in Janine eindrang, zog er unbemerkt das Kondom ab. Diesmal blieb der Schmerz aus. Janine genoss Falcaos unbeschreibliche Nähe. Neue Wellen bauten sich auf, begleitet von lustvollem Stöhnen. Falcaos Bewegungen wurden immer schneller und intensiver. Eine neue riesige Welle bildete sich, nahm unendliche Ausmaße an, und brach dann explosionsartig. Der Höhepunkt ließ sie in ein Meer der Gefühle eintauchen. Der Sog der Fluten zog sie einfach mit. Versunken in einer Welt des Glückes, nahm sie kaum war, wie sich Falcao kurz nach Mitternacht in ihr ergoss. Sie fiel in einen Traum, den sie endlich gelebt hatte. Als Falcao das unbefleckte Kondom die Toilette herunterspülte, schlief Janine bereits.

Falcao verweilte noch über eine Stunde im Schlafzimmer. Er beobachtete die seelenruhig schlafende Frau. Sie sah glücklich aus. Er ging zu ihr und legte seine Hand auf ihren Bauch. Einige Minuten konzentrierte er sich auf seine Hand. Dann zog er sie mit einem zufriedenen Lächeln zurück.

Kurze Zeit später verließ der Mutant die Wohnung seiner Geliebten.

Die Schwangerschaft

Als Janine am nächsten Morgen gegen acht Uhr aufwachte, ging es ihr außerordentlich schlecht. Ihr war übel und sie hatte Schmerzen im Unterleib. Sie verspürte einen immensen Druck im Bauch, so als hätte sie gewaltige Blähungen. Janine legte beide Hände auf ihren Bauch und bemerkte, wie straff er war. Sie schlug die Bettdecke zurück, und betrachtete erschrocken ihren nackten Körper. Ihr wurde heiß und kalt zugleich, als sie ihren runden Bauch sah. Er hatte sich über Nacht förmlich aufgebläht.

Erst jetzt bemerkte sie, dass Falcao nicht mehr im Bett lag. Sie rief seinen Namen. Keine Antwort. Janine stand auf und ging in den Flur, schaute ins Wohnzimmer und in die Küche. Es war niemand in der Wohnung, Falcao hatte sie wortlos verlassen. Bitter enttäuscht ging die zierliche Frau ins Bad. Auch hier keine Spur von ihrem Liebhaber. Janine stellte sich vor dem Spiegel. Sie hatte dunkle Ränder unter den Augen. Sie trat etwas zurück und betrachtete ihre sonderliche Leibesfülle von der Seite. Sie sah aus wie eine schwangere Frau, denn auch ihre Brüste schienen gewachsen zu sein. Janine setzte sich auf die Toilette. Ihr Urin sah ungewöhnlich dunkel aus, es konnte durchaus Blut sein, was ihn verfärbt hatte. Janine war beunruhigt und brauchte zunächst eine Dusche, um wieder klare Gedanken fassen zu können. Sie ließ anfangs eiskaltes Wasser über ihren Körper prasseln. Ihr Kreislauf kam sofort in Wallung, sie wurde freier im

Kopf. Sie öffnete das warme Wasser und drosselte die kalte Zufuhr. Angenehme Wärme spülte nun an ihren Körper hinab, lief über die Brüste zu ihrem dicken Bauch. Dieser reagierte auf die Wärme mit einem dumpfen Druck, so als würde etwas von innen gegen die Bauchdecke drücken. Janine hielt erneut ihre Hände an den strammen Bauch. Fühlte ihn in allen Richtungen ab. Streichelte von links nach rechts, von oben nach unten, und umgekehrt. Dann hielt sie inne. Unter ihren ruhenden Handflächen verspürte sie sanfte Bewegungen. Janine war fassungslos, da sie nicht glauben konnte, was sie glaubte.

Nach der erfrischenden und ernüchternden Dusche zog Janine eine bequeme Jogginghose an, zudem ein weit geschnittenes T-Shirt. In der Küche machte sie sich ein Toast mit Käse und trank ein Glas eiskalte Milch.

Vielleicht holt Falcao ja frische Brötchen, für ein Frühstück zu zweit. Aber wäre er dann nicht schon lange wieder zurück? Er hatte gar keinen Schlüssel, könnte aber klingeln. Hatte sie überhaupt seine Telefonnummer? Nein, hatte sie nicht. Seine E-Mail Adresse kannte sie auch nicht, geschweige denn die seiner Wohnung. Sie wusste so gut wie nichts von ihm!

Die verunsicherte Frau riss sich aus ihren Gedanken und ging ins Wohnzimmer. Sie fuhr ihren Laptop hoch und lockte sich bei der Partnerbörse ein. Natürlich war er nicht online. Sie klappte den Laptop frustriert zu und schaltete den Fernseher an. Gelangweilt starrte sie auf die bunten Bilder eines Zeichentrickfilms und schlief dabei ein.

Im Fernseher lief eine Koch Show, als sie wieder aufwachte. Janine fühlte sich eingeengt, es zwickte an ihrer Taille. Der Gummibund ihrer Jogginghose hatte sich in die Haut gedrückt, und einen roten Ring hinterlassen. Sie stand auf, und zog die Hose etwas herunter, damit der Bund nicht mehr so drückte. Janine sah an sich hinab und musste feststellen, dass ihr Bauchumfang merklich zugenommen hatte. Ein Blick auf die Wohnzimmeruhr sagte ihr, dass es bereits nach zwölf war, sie hatte mehr als zwei Stunden geschlafen. Zwei Stunden, und ihr Bauch weitete sich mehr und mehr.

Ich habe ein Wasserbauch, aus irgendeinem Grund, sammelt sich Wasser in meinem Bauch. Wie ist sowas möglich? Ich muss zu einem Arzt, aber heute ist Sonntag. Laura, ich rufe Laura an, und fahre mit ihr zum Krankenhaus.

Sie konnte Laura nicht erreichen. Wahrscheinlich war sie bei ihrer kranken Mutter und hatte das Handy in der Wohnung liegen gelassen. Janine fuhr erneut den Laptop hoch und hangelte sich von einer medizinischen Seite zu der Nächsten. Das Meiste, was sie über Flüssigkeitsansammlungen im menschlichen Körper las, war keine sonderliche Hilfe. Alle allgemeinen Symptome trafen bei ihr nicht zu. Janine war gerade dabei den Begriff „Scheinschwangerschaft" einzugeben, als ein stechender Schmerz sie erstarren ließ. Sie griff sich sofort an den Bauch. Der Druck des Schmerzes wurde unerträglich. Janine holte tief Luft und atmete mit aufgeblähten Wangen wieder aus. Unter ihren Händen spürte sie Bewegungen. Etwas drückte gegen ihre Bauchdecke und löste damit eine weitere Woge des Schmerzes aus. Kalter Schweiß trat aus ihrer Stirn und vermischte sich mit Tränen, die sie nicht zurückhalten konnte. Der Druck in ihrem Bauch nahm zu, zog bis in den Unterleib und schien dort pochend zu verharren. Janine richtete sich schwer atmend auf. Ihr wurde schwindelig und sie stützte sich an der Stuhllehne ab. Grauer Nebel bildete sich vor ihren feuchten Augen. Janine vernahm ihre Umgebung nur noch schemenhaft, dabei schlich sich eine unwohlsame Wärme in ihren Körper. Übelkeit und eine letzte Druckwelle ließen den Vorhang der Ohnmacht fallen. Der Nebel wurde schwarz, dann fiel Janine zu Boden.

Der nostalgische Klingelton ihres Handys holte Janine aus der Bewusstlosigkeit zurück in die Realität. Sie öffnete die Augen und blickte unter den Couchtisch. Das Klingeln kam von oben, ihr Handy lag auf dem Tisch. Janine stützte sich schwerfällig ab und richtete sich kniend auf. Immer noch leicht benommen, griff sie nach dem Smartphone und nahm ab. Der Anruf kam von Laura.

„Du hast mich angerufen? Ich war bei meiner Mutter und hatte mein Handy Zuhause vergessen. Wie war dein Date Janine? Erzähl schon, ich bin gespannt wie ein Flitzebogen."

„Du musst sofort herkommen Laura, mir geht es nicht gut!", sagte Janine schwer atmend. „Wie spät ist es Laura?"

„Gleich halb vier. Was ist denn los? Du hörst dich ja schlimm an."

„Komm bitte so schnell, wie du kannst, ich glaube, ich brauche einen Arzt. Beeil dich bitte Laura!"

Janine legte auf, sie konnte nicht mehr sprechen. Sie kroch auf allen Vieren zum Sofa. Mühselig schaffte sie es, sich auf dem Sofa hinzulegen. Erst jetzt bemerke sie, dass ihr Bauchumfang weiter angewachsen war. Sie lag auf dem Rücken und konnte ihre Füße nicht sehen. Das nun enganliegende T-Shirt versperrte die Sicht. Sie zog es hoch, und blickte auf ihren nackten pochenden Bauch. Der Nabel quoll schon hervor. Janine tastete ihre unerklärliche Rundung ab, und spürte eindeutige Bewegungen im Inneren. Sie konnte mit bloßem Auge erkennen, wie sich die Haut auf und ab bewegte, als würde sich jemand von innen dagegenstemmen. Sie bekam Angst vor ihren fremdartigen Körper und wäre am liebsten herausgesprungen. Janines Herz fing an zu rasen, worauf ihre Gedanken folgten.

Ich bin schwanger! Ich bekomme ein Kind! Wie kann das sein? Es ist unmöglich, kann nicht sein! Gestern war alles noch normal, und jetzt werde ich Mutter! Niemals! Ich darf jetzt nicht ohnmächtig werden, muss Ruhe bewahren, und auf Laura warten! Wir fahren zum Krankenhaus und alles wird sich aufklären!

Es läutete an der Wohnungstür. Janine richtete sich langsam auf, dabei wurde ihr wieder leicht schwindelig. Sie schleppte sich in den Flur und öffnete die Tür.

„Oh mein Gott, wie siehst du denn aus?", fragte Laura leicht erschrocken, als sie Janine sah. Ihre Augen weiteten sich, als sie auf Janines üppigen Bauch aufmerksam wurde.

„Was ist los Janine, du siehst ja mitgenommen aus, und was ist mit deinem Bauch passiert?

„Komm mit ins Wohnzimmer, ich muss mich wieder hinsetzen", sagte Janine in einem jämmerlichen Tonfall.

Laura stützte ihre Freundin auf dem Weg zur Couch.

„Ich glaube, ich bin schwanger Laura. Ich weiß, das hört sich verrückt an, aber ich habe keine andere Erklärung. In mir bewegt sich etwas, und ständig bekomme ich diese wahnsinnigen Schmerzen. Heute Morgen fing es schon an, es wurde dann immer schlimmer. Ich habe zwischendurch geschlafen, dabei ist mein Bauch gewachsen. Dann kamen die Schmerzen und ich bin ohnmächtig geworden. Laura, du musst mich zum Krankenhaus fahren, ich brauche unbedingt einen Arzt und Gewissheit."

„Hattest du gestern Abend Sex?"

„Ja, aber das ist doch erst ein paar Stunden her Laura, und außerdem haben wir ein Kondom benutzt. Eigentlich kann ich nicht schwanger sein, das ist unmöglich."

„Darf ich mal fühlen Janine?"

Janine krempelte ihr T-Shirt hoch und Laura legte vorsichtig eine Hand auf den dicken Bauch. Janine glaubte, er sei in Zwischenzeit noch größer geworden.

„Tatsächlich, du hast Recht Janine, ich kann es fühlen, da bewegt sich etwas. Unglaublich."

Plötzlich schrie Janine laut auf, woraufhin Laura erschrocken zusammenzuckte.

„Die Schmerzen kommen wieder. Es fühlt sich an, als hätte ich einen Krampf im Unterleib", sagte Janine schwer atmend.

„Das sind Wehen, ich glaub es ja nicht Janine, du hast Wehen. Wir sollten uns beeilen, du brauchst wirklich Hilfe. Hast du, noch was anderes zum Anziehen, oder willst du so fahren?"

„Mir passt sowieso nichts mehr, lass uns einfach fahren Laura, schnell, ich halte das nicht mehr lange aus!"

Laura half Janine auf die Beine, die außerordentlich schwerfällig aus der Couch hochkam.

Nur langsam bewegten sich die beiden jungen Frauen voran. Immer wieder musste Janine innehalten und nach Luft ringen. Es dauerte eine kleine Ewigkeit, bis sie Lauras Auto erreicht hatten. Janine ließ sich völlig entkräftet in den Sitz fallen, dann startete Laura ihren Kleinwagen, und fuhr zu den städtischen Kliniken.

Die Geburt

Diana Rieschel machte der Wochenenddienst nichts aus. Die hübsche Dreißigjährige mit den dunklen Haaren liebte ihren Beruf. Nachdem ihr Mann im vergangenen Jahr bei einem Autounfall ums Leben gekommen war, bestand ihre ganze Erfüllung darin, neues Leben auf die Welt zu verhelfen. Seit dem Unfall hatte sie sich abgekapselt, ging kaum noch aus, und hatte den Kontakt zu vielen Freunden verloren. Diese hatten immer wieder versucht, Diana neu zu motivieren, ihr neue Lebensfreude zu vermitteln, aber sie ließ alle gut gemeinten Vorschläge abprallen und zog sich weiter zurück. Ihr Leben hatte sich auf drastische Art und Weise verändert und sie versuchte, alleine damit klarzukommen. Sie hatten immer ein Kind gewollt, doch leider war es dazu nicht mehr gekommen. Einzig ihre Arbeit als Hebamme machte sie halbwegs glücklich. Wenn sie ein Baby auf die Welt verhalf, stellte sie sich vor, es wäre ihr eigenes. Sie wusste genau, dass dem nicht so war, doch Neid verspürte sie keinen. Die glücklichen Gesichter der Eltern verliehen ihr neuen Lebensmut. Irgendwann würde sie sich öffnen können, die neue Liebe finden, und in ihrem angestammten Kreißsaal ein eigenes Kind zur Welt bringen. Diese Hoffnung konnte ihr niemand nehmen.

Sie ahnte nicht, dass sich an diesem sonnigen Sonntag, ihr Leben ein weiteres Mal verändern sollte.

***

Kurz vor achtzehn Uhr erreichten Janine und Laura das Klinikum. Janine hatte während der Fahrt vor Schmerzen gestöhnt. Als sie Flüssigkeit verlor, wäre sie fast wieder ohnmächtig geworden. Laura lenkte sie ab, sprach ihr Mut zu, alles werde wieder gut.

Laura parkte direkt vor der Notaufnahme und half ihrer Freundin aus dem Auto. Sie rief gleich hektisch nach einem Arzt. Ein junger Pfleger bemerkte die beiden und eilte ihnen zur Hilfe. Laura klärte ihn mit knappen Sätzen über die Situation auf. Der Pfleger meldete bei der Entbindungsstation einen Notfall an und half Janine auf ein bereitstehendes Krankenbett. Sie eilten den Flur entlang zu den Fahrstühlen. Die Entbindungsstation befand sich im zweiten Stock. Als sie die Station erreicht hatten, wurden sie bereits von Diana Rieschel erwartet. Sie schoben Janine zunächst in ein Behandlungszimmer. Wieder erklärte Laura den Sachverhalt, da Janine schwer atmend, kaum dazu in der Lage war. Was Diana zu hören bekam, konnte sie kaum glauben.

„Und sie hatten zuvor nie intimen Kontakt zu Männern", fragte Diana und sah dabei Janine an.

Diese schüttelte nur den Kopf.

„Wir machen zunächst eine Ultraschalluntersuchung, damit wir sehen, was überhaupt los ist. Das ist doch alles sehr merkwürdig. Der Gynäkologe hat Bereitschaftsdienst und kann frühestens in einer halben Stunde hier sein, deshalb habe ich bereits einen Notarzt aus der Chirurgie alarmiert. Ziehen sie bitte das T-Shirt aus Frau Huber."

Diana tastet Janines Bauch ab, und trug dann ein Ultraschallgel auf. Sie schaltete das Gerät ein und fuhr mit dem Führkopf über Janines Bauchdecke. Alle starrten wie gebannt auf den Bildschirm. Laura konnte einen leisen Schrei nicht unterdrücken. Auf dem Monitor war eindeutig ein Baby zu erkennen.

„Was ist es, Mädchen oder Junge?", stammelte Janine.

„Ein Junge", antwortete Diana verständnislos. Sie konnte nicht fassen, was sie da sah, nicht nachdem, was die Frauen erzählt hatten.

„Nick, mein Sohn soll Nick heißen", sagte Janine wie in Trance.

Die Krämpfe hatten zugenommen, aber sie spürte die Wellen der Schmerzen kaum noch. Sie befand sich in einer Art von Delirium, wusste nicht mehr, was um sie herum geschah.

Diana blickte weiter besorgt auf den Bildschirm. Der Säugling war außergewöhnlich groß und seine Bewegungen unnormal. Er lag eigentlich in der richtigen Position, drückte aber mit den Füßen gegen die Gebärmutter, und versuchte einen Arm in den Geburtskanal zu bekommen. Es sah aus, als würde das Baby aus eigener Kraft auf die Welt kommen wollen. Diana war ratlos, normalerweise müsste ein Kaiserschnitt eingeleitet werden. Dazu fehlte die nötige Zeit und der geeignete Arzt. Frau Hubers dumpfen Klagelaute trieben Diana zum Handeln an. Zunächst fühlte sie nach dem Puls. Er schlug viel zu schnell, so würde die Frau bald kollabieren. Sie brauchte ein Beruhigungsmittel. *Wo bleibt der verdammte Arzt*, dachte die überforderte Hebamme. Sie glaubte nicht, dass noch genügend Zeit verbleiben würde, um die Frau in den Kreißsaal zu transportieren. Das Baby wollte raus. Diana erkannte auf dem Bildschirm, wie beide Arme in den Geburtskanal drangen. Solch eine Situation war ihr nicht bekannt, sie wusste nur, dass Mutter und Kind diese Art von Geburt nicht überleben konnten. Hastig zog Diana Janine die Hose und den Slip aus. Beides war klebrig und blutig.

„Janine, können sie mich hören? Sie müssen die Beine anwinkeln und spreizen! Laura, halten sie ihren Kopf und sprechen sie ihr Mut zu!"

Gemeinsam mit dem Pfleger brachte Diana die kraftlose Frau in Position.

„Pressen, Janine sie müssen es versuchen. Das Kind möchte kommen, und sie können dabei helfen, indem sie pressen", sagte Diana aufmunternd, obwohl sie glaubte, dass die Frau nicht die nötige Kraft aufbringen konnte.

Fruchtwasser, gefolgt von Blut trat aus ihrer Scheide, und lief auf das weiße Bettlaken. Diana sah wieder auf den Monitor, konnte aber nicht mehr viel erkennen. Die Gebärmutter hatte sich verdunkelt, weil sie sich mit Blut füllte. Der Säugling musste durch seine energischen Bemühungen eine innere Verletzung an den bereits geschädigten Organen verursacht haben, die nun stark bluteten.

„Was ist hier los?"

Diana erschrak, als der Notarzt das Zimmer betrat, und unvermittelt seine Frage stellte.

„Die Frau bekommt ein Kind in Armvorlage, verliert viel Blut, und ihr Kreislauf könnte jederzeit zusammenbrechen", antwortete Diana knapp und sachlich.

Sie hatte die Worte kaum ausgesprochen, als sich eine kleine Hand aus Janines Unterleib drückte, und ins Freie ragte.

***

Janine schrie stumme Schreie. Niemand konnte diese flehenden Rufe hören. Sie war zu erschöpft, um den Schreien einen Klang geben zu können. Ihr Körper zollte den Strapazen des Tages mit seinen radikalen Veränderungen Tribut. Vor ihrem geistigen Auge drehte sich ein Kreisel, ein bunter Kreisel mit vielen Bildern, die sie kannte. Auch in ihrem relativ ereignislosen Leben gab es bedeutende Bilder, die sich bei ihr eingeprägt hatten. Bilder aus ihrer Kindheit und Jugend, Bilder von Menschen, die ihr nahe gestanden haben. Sie sah freudige Bilder, aber auch traurige. Als sich die Bilder der Gegenwart näherten, drehte sich der Kreisel schneller, und ein Licht erhellte ihn. Sie konnte die Bilder kaum noch erkennen. Das letzte Bild, welches vor ihren Augen erschien, war von Falcao. Dann wurde der Kreisel immer schneller, das Licht immer heller. Beides vereinte sich zu einem grell leuchtenden Punkt, der, der Sonne glich. Janine tauchte in diese Sonne ein und ihr Herz hörte auf zu schlagen. Das Bild ihres Sohnes blieb ihr verwehrt.

***

Zieh mich hier raus, schienen die beiden Hände sagen zu wollen, die sich nun aus Janines Unterleib heraus Diana entgegenstreckten.

„Sie atmet nicht mehr", rief Laura plötzlich ganz außer sich.

Der Arzt horchte Janine ab und wandte sich niedergeschlagen dem Ungeborenen zu.

„Wir müssen schneiden, der Mutter können wir nicht mehr helfen, sie hat zu viel Blut verloren, aber vielleicht können wir das Kind retten. Gibt es hier irgendwo ein Skalpell?"

Diana suchte hektisch in den Schubladen nach einem Skalpell und fand schließlich eins. Sie reichte es dem Arzt aus der Chirurgie. Als er anfing zu schneiden, musste Laura sich übergeben, und wurde von dem Pfleger aus dem Raum begleitet.

Wenige Minuten später zogen der Arzt und Diana das Baby aus dem toten Mutterleib. Der Junge war blutbeschmiert. Diana gab dem Neugeborenen den obligatorischen Klaps, damit er Luft holte. Er fing plötzlich an zu husten und spuckte Diana Blut ins Gesicht. Dann waren seine Lungen frei und er schrie. Nachdem seine kräftigen Schreie verstummt waren, lächelte er Diana freudig an.

Achtzehn Stunden nach der Empfängnis hatte Janine Huber einen Sohn geboren.

**

Laura befreit sich nur langsam aus ihrer Verzweiflung. Sie konnte die Geschehnisse nur schwerlich verarbeiten. Mit Janines Tod brach für sie eine Welt zusammen. Alles war so unwirklich, wie ein schlimmer Traum, den es in der Realität nicht geben durfte. Sie bekam ein Beruhigungsmittel, was die Situation linderte, aber nicht ungeschehen machen konnte.

Diana kam in den Aufenthaltsraum und sah übermüdet aus.

„Was ist mit dem Baby?", fragte Laura die Hebamme.

„Dem Jungen geht es so weit gut, er hat die Strapazen wundersamerweise unbeschadet überstanden, und liegt auf der Säuglingsstation. Er braucht erst einmal Schlaf und wird dann später untersucht werden. Das mir ihrer Freundin tut mir sehr leid. Wir konnten nichts mehr für sie tun."

„Ich möchte Nick sehen", sagte Laura fordernd.

„Ich denke, ich trinke jetzt erst mal eine Tasse Kaffee, dann können wir gerne kurz zu ihm gehen", schlug Diana vor, die sehr mitgenommen wirkte.

Nachdem Diana ihren Kaffee getrunken hatte, ging sie gemeinsam mit Laura zur Säuglingsstation. Diana zeigte auf ein kleines Bettchen ganz rechts im Raum.

„Das ist der Sohn ihrer Freundin."

Nick lag friedlich schlafend unter einer bunten Decke mit Blümchenmuster. Man sah im Grunde nur seinen Kopf. Er hatte bereits sehr viele dunkle Haare. Laura konnte kaum glauben, dass der Junge erst vor knapp einer Stunde geboren wurde. Er sah irgendwie älter aus.

Laura wollte gehen, und fragte Diana, ob sie nach Hause fahren könne.

„Wenn sie es sich zutrauen dürfen sie gerne fahren, aber melden sie sich, falls sie Hilfe benötigen! Wir benachrichtigen Frau Hubers Eltern."

Laura verabschiedete sich, mit dem Versprechen morgen wiederzukommen. Ihre Adresse und Telefonnummer hatte sie hinterlassen. Sie fragte an der Information nach ihrem Auto und den Schlüsseln, da es nicht mehr an der Notaufnahme stand. Als das geklärt war, ging sie durch eine kleine Grünanlage zum Parkplatz, fand ihren Kleinwagen sofort, und fuhr nach Hause.

Den dunkelhäutigen Mann, der in der Grünanlage auf eine Bank saß, hatte sie nicht bemerkt.

Enttäuschung

Falcao wartete bereits seit zwei Stunden vor dem Krankenhaus. Ihm war klar, dass Janine hier auftauchen würde. Er hatte aber schon früher mit ihr gerechnet. Als er sie dann aber hochschwanger sah, fiel eine Last von seinen Schultern ab. Sie trug sein Kind in ihrem Körper und sollte es unbeschadet zur Welt bringen. Er war sicher, dass Janine ihm eine Tochter gebären würde, mit der er seine einzigartige Rasse fortpflanzen konnte. So lautete die Prophezeiung, die von Geburt an in seinem Hirn schlummerte. Er war als Urvater auserkoren worden, um die Erde mit Vogelmenschen zu bevölkern. Deshalb hatte man das Ei in der Felsspalte abgelegt. Er durfte das grenzenlose Vertrauen seiner Ahnen nicht enttäuschen. Sie würden ihn in dieser primitiven Welt verkümmern lassen, wie einen Wurm in der Sonne, wenn er seine Bestimmung nicht erfüllen konnte.

Es stimmte ihn traurig, dass er bei der Geburt nicht dabei sein konnte, aber niemand durfte ihn mit dem Kind in Verbindung bringen. Erst wenn sein Geschöpf geschlechtsreif war, wollte er es sich einvernehmen. Zunächst blieb ihm nur die Rolle des Beobachters.

Die lange Wartezeit behagte Falcao gar nicht. Im Gleichklang mit der Zeit nahm auch die Nervosität zu. Ein ungekanntes Gefühl der Unruhe schlich sich bei Falcao ein, dessen Leben bislang so reibungslos verlaufen war. Nun stand er unmittelbar vor einem bedeutenden Ereignis, welches sein Dasein bestimmen sollte.

Die Zeit des Wartens hatte ein Ende, als Janines Freundin das Krankenhaus verließ. Sie ging unmittelbar vor ihm an der Gartenbank vorbei, und sah verstört und traurig aus. Falcaos Neugier wuchs ins Unermessliche, er musste unbedingt erfahren, wie es seinem Nachkommen ging. Die junge Frau ging zu Ihrem Auto und stieg ein. Falcao eilte zu seinem Motorrad, stellte die Maschine an, und folgte dem Kleinwagen. Der Frau durch den Stadtverkehr zu folgen, stellte sich nicht als schwierig heraus, da am Sonntagabend nicht sonderlich viel Betrieb auf den Straßen herrschte. Die Frau steuerte einen Randbezirk an, den er nicht kannte. Sie fuhr ihren Wagen auf den Parkplatz eines großen Wohnblocks. Falcao stellte sein Motorrad, nahe dem Hauseingang ab. Er sah die Frau auf sich zukommen, woraufhin er sich abwandte. Sie ging weiter zum Eingang, öffnete einen Briefkasten, nahm etwas heraus, und betrat anschließend das Gebäude. Der hünenhafte dunkelhäutige Mann ging schnellen Schrittes zu den Briefkästen und las das Namensschild auf der Klappe, die er sich gemerkt hatte. Er verglich die Namen der Klingelleiste und fand ihn in der Reihe des vierten Obergeschosses. Falcao wartete noch ein paar Minuten, ehe er die Klingel drückte.

„Ja", tönte es aus der Gegensprechanlage.

„Ich bin ein enger Freund von Janine und möchte gerne mit ihnen sprechen", sagte Falcao in das rechteckige Gitter der Sprechanlage".

„Worüber?"

„Über Janines Kind."

Falcao vernahm ein Summen an der Eingangstür und drückte sie auf. Er nahm den Fahrstuhl und fuhr hoch in den vierten Stock. Die Frau erwartete ihn bereits am Ende des linken Flurs.

„Ich bin Falcao Mashego", stellte er sich vor, und reichte der Frau seine Hand.

„Laura Bruns. Woher kennen sie Janine, und wieso wissen sie von dem Kind?"

„Ich bin der Vater!", antwortete Falcao wahrheitsgetreu.

„Aber wie…..?"

„Darf ich reinkommen?"

Laura ließ den kahlköpfigen Riesen in ihre Wohnung und ging mit ihm ins kleine Wohnzimmer. Sie bekam ein unbehagliches Gefühl, welches an Angst grenzte.

„Tut mir leid, dass ich hier so unvermittelt auftauche, ich möchte sie auch nicht lange belästigen, aber ich mache mir Sorgen. Ich kann Janine nicht erreichen, geht es ihr gut, und was ist mit dem Kind, ist es gesund?"

„Dem Jungen geht es gut, aber Janine ist gestorben, sie war den Strapazen der Geburt nicht gewachsen. Überhaupt ist alles so unwirklich. Sie hat nichts von einer Schwangerschaft gewusst, und dann, bekommt sie innerhalb eines Tages ein Baby. Wie ist das möglich?

Warum wissen sie davon, wo doch nicht einmal Janine eine Ahnung hatte, und wieso sollten sie der Vater sein?"

JUNGE, der dunkle Mutant konnte nicht glauben, was die Frau da gesagt hatte, und fragte noch einmal nach.

„Sie hat einen Jungen auf die Welt gebracht, sind sie sich da vollkommen sicher?"

„Nick ist ein dunkelhaariger Junge, und seine Mutter Janine ist tot", beteuerte Laura schluchzend, und sah den Mann mit rot unterlaufenden Augen an. Er zeigte kein Gefühl des Bedauerns, im Gegenteil, sein Gesicht schien sich mit Hass zu füllen.

Falcaos Gedanken überschlugen sich. Er war verwirrt. Zum ersten Mal verliefen die Dinge nicht nach seinen Vorstellungen, und das ausgerechnet am entscheidenden Wendepunkt seines Daseins, zu dem Ereignis seiner Bestimmung. Er hatte versagt. Nicht nur, dass er einen Jungen gezeugt hatte, nein, seine Auserwählte hatte eine behaarte Missgeburt ausgetragen. Er bezweifelte urplötzlich, dass er bei dieser absurden Tatsache weiterhin zeugungsfähig sein konnte. Die Enttäuschung saß zu tief. Es fiel ihm ohnehin schwer, Gefühle für menschliche Wesen zu empfinden. Zum jetzigen Zeitpunkt hatte er nicht einmal sich selbst unter Kontrolle. Seine innere Wut verlangte nach Gewissheit. Falcao griff in seine Lederjacke und holte eine Pistole hervor.

Laura blickte entsetzt in die auf sie gerichtete Mündung. Es verdichtete sich unmittelbar ein dicker Kloß in ihrem Hals. Sie war unfähig etwas zu sagen, oder gar einen Schrei entweichen zu lassen.

„Zieh dich aus!", befahl ihr Gegenüber mit der Waffe in der Hand. „Wenn du schreist, oder sonst irgendwelche unüberlegten Zicken machst, jage ich dir eine Kugel in den Kopf. Hast du das verstanden?"

Laura nickte verstört und verdrängte den Kloß so gut sie konnte. Ihr Mund war trocken, so als bestände ihre Zunge aus Schleifpapier.

„Warum, was, was habe ich ihnen denn getan?", quetschte sie stotternd aus ihrem Mund.

„Nichts, und ich werde dir auch nichts tun, wenn du befolgst, was ich sage. Jetzt ziehe dich bitte langsam aus, so als wolltest du mich verführen."

Laura blickte in die Augen des Mannes und erkannt, dass er es ernst meinte. Zögerlich knöpfte sie ihre Bluse auf und zog sie etwas unbeholfen aus. Dann öffnete sie ihre Hose und geriet beim Abstreifen ins Stolpern. Sie sah den Mann fast entschuldigend an und bemerkte, dass sich seine Augen verändert hatten. Sie lagen tiefer in den Höhlen als zuvor und hatten sich verfärbt. Aus dem dunklen Braun wurde ein gelblich goldenes Leuchten.

„Mach weiter, aber schön langsam!"

Seine Stimme klang nun krächzend und schreckte Laura auf. Sie verschränkte ihre Arme hinter den Rücken und versuchte ihren BH zu öffnen, was nicht auf Anhieb gelang. Zu sehr lenkte sie das Gesicht des kahlköpfigen Riesen ab, welches sich weiter veränderte.

Die Wangen fielen ein und das Kinn trat spitz hervor. Auch seine Nase verformte sich, wurde länger, und schien sich mit dem Kinn zu vereinen, dabei verschwand langsam der Mund aus dem Gesicht des Mannes. Auf seiner Haut bildeten sich schuppenähnliche Flecken, die immer mehr übereinanderlappten und sich verhärteten. Als Laura ihren BH endlich geöffnet hatte, und ihre Brüste freilegte, hatte das Gesicht nichts Menschliches mehr an sich. Sie sah in eine Fratze des Grauens, in dessen Mittelpunkt ein riesiger, nach unten gebogener spitzer Schnabel entstanden war. Auf dem Schnabel öffneten sich zwei dunkle Löcher. Der knochige Schädel hatte keine Ohren mehr, nur eine markante Wölbung. An der Hand, die weiterhin die Pistole auf sie richtete, konnte sie kümmerliche Federn erkennen. Goldene Augen starrten Laura hasserfüllt an. Der Schnabel öffnete sich einen Spalt weit.

„AUFHÖREN!"

Laura zuckte erschrocken zusammen, als das krächzende Wort ihr entgegenhallte. Der Hüne mit dem Vogelkopf senkte den Arm mit der Waffe und näherte sich Laura bedrohlich. Er packte sie an den Schultern und öffnete seinen gewaltigen Schnabel. Das Letzte, was sie sah, war eine kümmerliche Zunge in einem dunklen faulig riechenden Schlund. Der messerscharfe Schnabel hackte in ihren Hals, zerfetzte die Schlagader, und riss ein Stück Fleisch heraus. Laura verspürte einen explosionsartigen Schmerz, und wie warmes Blut über ihre nackten Brüste rann, dann fiel sie in ein endloses Nichts.

Falcao war außer sich, er hatte erstmals die Beherrschung verloren, und konnte die Mutation nicht verhindern. Er musste die Frau töten, sie hatte seine wahre Identität gesehen, und damit ihr Schicksal besiegelt. Der eigentliche Grund seiner Unbeherrschtheit war, dass sie ihn nicht erregen konnte. Er hatte sie erwartungsvoll beobachtet, aber seine Männlichkeit ließ ihn im Stich. Selbst wenn sie ihn berührt und stimuliert hätte, würde er keine Lust empfinden können, dessen war er sich nun vollkommen sicher. Der Mutant fühlte sich elendig und erniedrigt, sah sich seiner Manneskraft beraubt. Er hatte wie befürchtet seinen Fortpflanzungstrieb verloren. Ihm war klar, solange die von ihm gezeugte Missgeburt auf Erden weilte, würde sich sein unwürdiger Zustand nicht ändern.

Nach zehn Minuten hatte er sich zurückverwandelt. Falcao ging ins Bad und wusch sein blutverschmiertes Gesicht. Er kehrte noch einmal um. Im Wohnzimmer blickten ihn Lauras leeren toten Augen entgegen. Aus ihrem offenen Hals sickerte letztes Blut und wurde begierig vom beigefarbigen Teppich aufgesogen. Falcao würdigte sie keines weiteren Blickes, seine Gedanken waren bei seinem nichtsnutzigen Sohn, dessen Leben er beenden musste, um seine Mission erfüllen zu können.

Quick

Diana hatte eine fürchterliche Nacht hinter sich. Die absonderliche Geburt des kleinen Nick ging ihr sehr nahe, und ließ sie nicht zur Ruhe kommen. Selbst im Schlaf sah sie die Hände des Babys aus dem Mutterleib ragen. Sehr früh am Morgen brach sie ihre unvollkommene Nachtruhe ab, und versuchte mit einer kalten Dusche ihre widerspenstigen Gedanken abzuschütteln.

Dementsprechend übermüdet kam sie am Montagmorgen zum Dienst. Zunächst erörterte sie mit der Nachtschicht die Übergabe. Die Kollegin hatte keine sonderlichen Vorkommnisse vermerkt. Diana hielt diese Nachtschwester nicht für besonders vertrauenswürdig und bezweifelte, dass sie regelmäßige Visiten auf der Säuglingsstation durchführte. Nach der Übergabe machte Diana sich gleich auf den Weg zu den Neugeborenen. In dem Raum herrschte Stille. Fünf Säuglinge lagen hier in gesicherten Kleinkindbetten. Diana trat an Nicks Bett. Er hatte die Augen auf, und lächelte Diana an, als er sie sah, dabei entblößte er zwei Zähne.

„Oh mein Gott", entfuhr es der Hebamme, als sie die Zähne im Unterkiefer des Babys sah. Sie beugte sich über das Bett und nahm die Decke heraus. Nick trampelte aufgeregt mit seinen kleinen Beinen. Die Druckknöpfe des Stramplers waren aufgesprungen. Die Unterwäsche engte den Kleinen ein, nahm ihm förmlich den Raum zum Atmen. Diana hob Nick vorsichtig aus dem Bett und ging mit ihm zur Wickelkommode. Sie entkleidete den Jungen, wobei er fröhlich quiekte. Nick hatte über Nacht merklich an Gewicht zugenommen, und war sichtlich gewachsen. Nachdem Diana Nick gewaschen hatte, holte sie aus einem Schrank größere Babykleidung, und zog ihn wieder an. Sie nahm ihn anschließend auf den Arm und wärmte eine Flasche zubereitete Milch auf. Nick zog gierig an dem Latexsauger, dabei leerte er die Flasche in einem Zug. Diana legte das Baby an ihre Schulter und klopfte leicht auf dessen Rücken. Das Bäuerchen kam sofort und war nicht zu überhören. Diana hielt den kleinen Jungen vor sich und wurde währenddessen freundlich angelächelt. Sie empfand sofort eine besondere Zuneigung zu dem Kind, so als wäre es ihr eigenes, und seine Augen sagten ihr, dass er dieses Empfinden mit ihr teilte. Sie legte Nick zurück in sein Bettchen und deckte ihn zu. Lächelnd schloss er seine Augen und schlief augenblicklich wieder ein.

Diana Rieschel meldete sich kurzzeitig bei der Stationsleitung ab. Sie wollte mit dem Chefarzt sprechen. Die Vorzimmerdame bat Diana an Platz zu nehmen, der Arzt habe ein längeres Telefonat. Nach etlichen Minuten des Wartens kam Doktor Lars Sobich ins Vorzimmer.

„Hallo Frau Rieschel, wie kann ich ihnen behilflich sein?", fragte er freundlich.

„Haben sie einen Moment Zeit für mich Doktor Sobich, ich würde gerne mit ihnen über etwas Wichtiges sprechen?"

„Sicher, kommen sie herein. Worum geht es?", fragte er, nachdem er die Tür geschlossen hatte.

„Wir hatten gestern eine komplizierte Geburt, bei der die Mutter verstorben ist."

„Ja, ich habe davon gehört. Dr. Krämer hat mich über die tragischen Ereignisse aufgeklärt, sehr ungewöhnlich, auch die Informationen über die abnorme Schwangerschaft. Wie geht es dem Kind?"

„Dem Baby geht es gut, deswegen bin ich hier. Mir macht die Entwicklung des Kindes Sorgen. Es hat einen, wie soll ich sagen, beschleunigten Wachstum. Nick hat über Nacht immens an Gewicht zugenommen und er besitzt schon zwei Zähne", berichtete Diana, und konnte ihre Aufregung nicht unterdrücken.

„Das ist unmöglich, der Junge ist nicht einmal einen Tag alt!"

„Deswegen mache ich mir ja Sorgen und möchte sie gerne bitten, Nick persönlich zu untersuchen."

„Das mache ich auf jeden Fall. Sind die Angehörigen der Mutter informiert worden, oder sonstige Behörden?", wollte Lars Sobich wissen.

„Nicht dass ich wüsste. Ich habe gestern Abend versucht die Eltern anzurufen, aber niemanden erreicht."

„Ich werde mich persönlich um die Angelegenheit kümmern. Kommen sie mit dem Kleinen in zwei

Stunden in mein Behandlungszimmer", sagte der Chefarzt nachdenklich.

Diana ging zurück auf ihre Station und suchte gleich das Säuglingszimmer auf. Nick war wieder wach und schrie verhalten, dabei wedelte er mit den Armen hin und her. Diana konnte einen dritten Zahn erkennen, und einen Vierten, der oben aus dem Kiefer schimmerte. Seit ihrem letzten Besuch war gut eine Stunde vergangen.

Sie bereitete eine Schale mit Babybrei vor und fütterte Nick. Der hatte kaum Probleme den Brei vom Löffel aufzunehmen. Nachdem er gesättigt sein Bäuerchen gemacht hatte, wusch Diana ihn gründlich in einem dafür vorgesehenen Becken. Seine dunklen Haare bedeckten die Ohren fast zur Gänze. Als Diana ihn aus dem Becken hob, kratzte er sie schmerzhaft an der Schulter. Sie betrachtete seine Fingernägel, die nötig geschnitten werden mussten. Auf der Wickelkommode stutzt sie seine Finger- und Fußnägel, was nicht einfach war, da er dabei aufgeregt strampelte. Anschließend zog sie ihm neue Sachen an, die sie diesmal zwei Nummern größer wählte. Während Diana den Kleinen versorgte, sprach sie die ganze Zeit über mit ihm, wie eine Mutter zu ihrem Kind spricht, dabei sah er Diana aufmerksam an, so als würde er sie verstehen können. Nick sollte vor der Untersuchung noch ein wenig schlafen, damit er ausgeruht und ruhig war. Nachdem Diana ihn in sein Bettchen gelegt hatte, schloss er sofort seine Augen und schlief ein.

Diana ging in die Kantine, um zu frühstücken. Allgegenwärtiges Gesprächsthema war die Geburt des gestrigen Abends. Diana beteiligte sich kaum an den Gesprächen, und wenn doch, dann nur, um absurden Gerüchten Einhalt zu gebieten. Sie leerte ihre Tasse Kaffee und ging zurück auf die Säuglingsstation. Nick schlief noch und Diana weckte ihn behutsam. Gleich, als er sie sah, setzte er sein unwiderstehliches Lächeln auf. Der obere Zahn hatte sich fast voll entfaltet, was sich auch auf seine Gesichtszüge auswirkte. Er vermittelte nicht mehr das Aussehen eines Neugeborenen, der am Tag zuvor das Licht der Welt erblickt hatte. Seine Haare mussten unbedingt geschnitten werden, was Diana auch nach der Untersuchung machen wollte. Sie säuberte Nick erneut und kleidete ihn mit frischer Wäsche an. Dann legte sie ihn in eine Tragewiege und machte sich auf den Weg zu Doktor Sobich.

Diana klopfte an die Tür des Behandlungszimmers.

„Frau Rieschel, kommen sie herein!"

Diana ging hinein und setzte Nick auf der Behandlungsliege ab.

„Das ist ja unglaublich. Sind sie sicher, dass dies unser Wunderkind ist?", fragte der Chefarzt erstaunt, wobei er seinen verwirrten Blick nicht von dem Baby abwenden konnte.

„Natürlich bin ich sicher Herr Doktor."

„Was sagten sie, wann wurde das Kind geboren?"

„Gestern Abend, kurz nach achtzehn Uhr."

„Dann ist der Kleine ja gerade mal achtzehn Stunden alt", stellte Sobich trefflich fest. „Unfassbar. Ziehen sie den Jungen bitte aus, ich möchte ihn jetzt gerne untersuchen."

Zunächst hörte Sobich den Jungen minutenlang mit einem Stethoskop ab, was dieser mit stoischer Ruhe hinnahm. Der Arzt sah ihn anschließend in den Rachen und leuchtete mit einer Diagnostiklampe in den geöffneten Mund. Er kontrolliert dabei auch die Milchzähne, wovon Nick mittlerweile fünf Stück besaß. Immer wieder schüttelte Lars Sobich ungläubig den Kopf, sagte aber anfänglich nichts. Dann beendete er sein gedankenverlorenes Schweigen.

„Was sagten sie, wie heißt der kleine junge Mann hier?"

„Nick".

„So wie sich Nick entwickelt, sollten wir ihn eigentlich Quick nennen. Der Junge ist achtzehn Stunden alt und hat bereits fünf Milchzähne. Können sie mir das erklären? Wahrscheinlich nicht. Und wie ich sehe, müssten seine Nägel nötig geschnitten werden, bevor er sich damit noch selber verletzt. Ich würde mal sagen, dass wir hier ein etwa neunmonatiges Kind vor uns haben. Herztöne und Atmung sind normal, was nicht normal ist, ist sein Wachstum. Wir sollten ihn nun einmal vermessen."

Gemeinsam mit Diana vermaß Sobich den Jungen und schrieb die erstaunlichen Messergebnisse auf. Auf der Behandlungsliege kontrollierten sie auch Nicks

Motorik. Er konnte den Vierfüßlerstand problemlos halten, und als er sogar versuchte zu krabbeln, musste Diana ihn halten, damit er nicht von der Liege herunterfiel.

„Wie verhält sich Quick im Allgemeinen, gib es besondere Auffälligkeiten, insbesondere bei der Ernährung und der Verdauung?", wollte Sobich nach der Untersuchung wissen.

„Nick ist ein verhältnismäßig ruhiges Kind, selbst beim kontinuierlichen Zahnen, gibt er kaum einen Ton von sich. Er schreit nicht, wenn er Hunger hat, isst aber gut, und hat eine normale Verdauung, soweit ich das in diesem besonderen Fall und der kurzen Zeit beurteilen kann."

„Wäre es ihnen möglich Frau Rieschel, ein paar Nächte in der Klinik zu verbringen? Wir sollten den Jungen unter ständiger Beobachtung halten, bis wir wissen, wie wir weiter mit ihm verfahren sollten. Sie könnten das Bereitschaftszimmer auf der Urologie benutzen. Ich werde alles veranlassen, damit Quick dort mit ihnen übernachten kann."

„Ja, kein Problem, ich müsste nur einige Sachen von Zuhause holen", stimmte Diana der Bitte zu, die sie irgendwie erwartet hatte.

„Sehr gut, ich verlasse mich auf sie Frau Rieschel. Kommen sie morgen früh wieder zu mir und sollte zwischendurch etwas Außergewöhnliches passieren, dann lassen sie es mich bitte sofort wissen", sagte Lars Sobich abschließend.

Am späten Nachmittag fuhr Diana kurz nach Hause, um ein paar Sachen zu holen. Ansonsten beschäftigte sie sich den ganzen Tag mit Nick. Sie schnitt seine Haare und kürzte Finger- sowie Fußnägel. Man konnte die Nägel förmlich wachsen sehen. Sie besorgte einen Kinderwagen und fuhr mit ihm über die Stationen. Eine halbe Stunde verbrachten die beiden im kleinen hauseigenen Park. Dort kam ihnen ein dunkelhäutiger Mann entgegen. Er hatte eine Schirmmütze auf und trug eine Sonnenbrille. Der Mann lächelte sie freundlich an und setzte sich auf eine der Bänke.

Nick war den ganzen Nachmittag über gut zufrieden und lächelte unentwegt. Auch Diana fühlte sich in seiner Anwesenheit sehr wohl, und entwickelte Mutterinstinkte für den kleinen Jungen, deshalb machte es ihr nichts aus, die Nacht mit Nick im Krankenhaus zu verbringen. Sie würde sowieso nichts verpassen, da sie die Abende meistens alleine in ihrer Wohnung verbrachte. Mit dem Jungen hatte sie eine Aufgabe, die sie gerne übernahm. Einzig seine ungewöhnliche Entwicklung bereitete ihr Sorgen. Viele Fragen schwirrten durch ihren Kopf, die sie nicht beantworten konnte, und wie es aussah, auch niemand anderes, zumindest nicht zu diesem Zeitpunkt. Sie wunderte sich zudem, warum die Freundin der verstorbenen Mutter noch nicht gekommen war. Sie hatte es sich doch fest vorgenommen.

Am Abend, nach einer mächtigen Portion Brei, wickelte Diana den Jungen und kleidete ihn frisch ein. Wenig später suchte sie ihr Quartier für die Nacht auf. In dem Bereitschaftszimmer stand ein einfaches

Kinderbett mit flacher Verstrebung an den Seiten. Dianas Bett befand sich direkt gegenüber, einen Meter entfernt. Es sah, wie die gesamte Einrichtung, nicht besonders komfortabel aus, aber für ein paar Nächte würde es sicherlich seinem Zweck dienen. Auf einer Kommode stand alles, was sie für Nick benötigte. Diana nahm den Jungen aus dem Kinderwagen, den sie vor der Tür auf dem Flur stehen ließ. Sie legte Nick in das Bett, wobei sie, wegen der neuen Umgebung, beruhigend auf ihn einredete.

„Das ist dein neues Bettchen Nick, hier kannst du bestimmt schön schlafen. Mami ist bei dir und schläft in dem großen Bett."

Diana deckte den Jungen zu, und wartete einige Minuten, bis er eingeschlafen war. Nick schloss seine Augen und schlummerte schnell in einen ruhigen Schlaf. Das Zimmer hatte ein eigenes Bad, wo Diana duschte, nachdem Nick eingeschlafen war. Anschließend legte sie sich ins Bett und beobachtete eine Weile lang den wundersamen Jungen, den sie so lieb gewonnen hatte. Sie war müde und schaltete das Licht aus. Gegen einundzwanzig Uhr fiel sie in einen unruhigen Schlaf.

Sie träumte, wie sie mit ihrem Mann über eine grüne Wiese lief, beide hatten Nick an der Hand, der in ihrer Mitte lief. Alle lachten, nur der Mann nicht, er löste sich langsam auf, wurde transparent, nahezu durchsichtig, dann war er ganz verschwunden. Als sich auch Nicks Körper veränderte, zog etwas an der Bettdecke.

„Mami, bei dir schafen!"

Diana schreckte auf und tastete aufgeregt nach dem Lichtschalter.

„Mami"

Sie spürte, wie sich eine kleine Hand auf ihren Arm legte, nachdem sie den Schalter gefunden hatte und das Licht anknipste.

„Mami, großen Bett schafen!"

Nick stand an ihrem Bett und sah sie mit weit geöffneten Augen an.

„Großen Bett schafen, bei Mami!"

Ohne, dass sie es verhindern konnte, liefen Diana Tränen aus den Augen. Tränen der Freude und Tränen der Verwunderung.

„Ja natürlich, komm Nick, du kannst bei Mami im großen Bett schlafen."

Diana hievte den Jungen hoch und legte ihn auf die rechte Seite. Nick kuschelte sich an Diana und schlief sofort wieder ein. Der Wecker zeigte zwei Uhr, als Diana das Licht ausschaltet, und sich mit glückselig feuchten Augen Nick zuwandte. Es war nach vier Uhr, als sie in den Schlaf fand.

Es rüttelte an ihre Schulter.

„Mami, schafen."

Diana öffnete die Augen und sah in das hellwache Gesicht von Nick. Er sah wieder verändert aus. Als er Diana mit geöffnetem Mund anlächelte, sah sie auch warum. All seine vorderen Milchzähne waren zu sehen, was sich merklich auf seine Gesichtszüge ausgewirkt hatte.

„Hunger!"

„Du hast Hunger Nick? Dann müssen wir jetzt aufstehen, damit ich dir was zu Essen geben kann."

„Nick Hunger, Essen geben", sagte der Junge gut verständlich.

„Du kannst ja schon toll sprechen, mein Junge. Du bist ein wahres kleines Wunderkind. Mami muss sich erst anziehen, dann bekommst du sofort dein Essen."

Diana zog eilig ihre Sachen an, dabei blickte sie aus dem Fenster. Draußen schien bereits die Sonne. Ein kurzer Blick auf die Uhr sagte ihr, dass es schon halb neun war. Sie musste sich beeilen, damit sie einigermaßen pünktlich zu Doktor Sobich kamen.

Eine dreiviertel Stunde später standen die beiden vor Doktor Sobichs Behandlungszimmer. Diana nahm Nick aus dem Kinderwagen und setzte ihn auf den Boden ab, wo er mit leicht wackligen Beinen neben ihr stehen blieb.

„Jetzt zeigen wir dem Doktor, was du schon alles kannst", sagte Diana, und klopfte an die Tür.

Sobich öffnete die Tür und blickte erstaunt nach unten zu Nick.

„Guten Morgen", grüßte Diana freundlich den Chefarzt.

„Uten Morgen", sagte auch Nick.

Diana ging mit Nick an der Hand langsam in den Raum. Er machte kleine Schritte und setzte etwas unbeholfen einen Fuß vor den Anderen.

„Das, das ist ja erstaunlich, einfach unglaublich", stotterte Sobich nach Worten ringend. Der Junge hat über Nacht sprechen und laufen gelernt. Sehe ich das richtig, oder träume ich das alles nur?"

„Sie träumen nicht Herr Doktor, was sie sehen und hören, ist Nick, kaum vierzig Stunden auf der Welt."

„Dann wollen wir unseren Quick mal untersuchen. Mami zieht dich jetzt aus, damit ich dich abhorchen kann. Brauchst keine Angst haben kleiner Mann, der Onkel ist ganz vorsichtig", sagte Sobich, und blickte den Jungen mit einem aufgesetzten Lächeln an.

„Nick Angst!"

Diana zog ihn aus, und sprach ihm mit sanfter Stimme Mut zu.

Die Untersuchung dauerte nicht lange. Sobich konnte keine abweichenden Symptome feststellen. Der Junge schien kerngesund zu sein.

„Ich würde gerne einen anderen Arzt hinzuziehen. Ich möchte nicht, dass sie das Krankenhaus mit dem Kind verlassen Frau Rieschel. Bleiben sie bitte immer in seiner Nähe, ich werde mich dann heute noch bei ihnen melden", sagte Sobich betont ernsthaft.

Diana zog Nick wieder an und verließ mit ihm das Zimmer.

***

Lars Sobich hatte bereits mehrfach versucht Laura Bruns zu erreichen, bislang aber vergeblich. Mit Janine Hubers Mutter hatte er telefoniert, und ihr von dem bedauerlichen Tod ihrer Tochter berichtet. Als Todesursache gab er innere Blutungen an, deren Ursache noch nicht geklärt sei. Die Schwangerschaft und die Geburt des Kindes verschwieg er ihr. Er bemerkte, wie die Frau nach Fassung rang, infolgedessen spendete er ihr tröstende Worte. Am Ende des Telefonats schien sie sich wieder etwas beruhigt zu haben.

Nun wirkte Sobich beunruhigt, weil er ein weiteres Telefongespräch führen wollte, nein, er musste, denn solch eine Gelegenheit würde sich ihm nie wieder bieten, um seine Schulden begleichen zu können. Er hatte nicht vergessen, wer ihn damals, als er am Abgrund stand, in Schutz genommen hatte, und wem er seine jetzige Position zu verdanken hatte.

Lars Sobich nahm den Hörer und wählte eine Nummer, die er nur allzu gut kannte.

„Hallo Richard, ich glaube, ich habe hier etwas für dich!"

Kreuzer

Nach dem Telefonat legte Richard Kreuzer nachdenklich seine Stirn in Falten. Der Anruf von Sobich hatte ihn überrascht, freudig überrascht. Deshalb glättete sich seine Stirn wieder schnell, bis auf die tiefen Furchen, die sein bewegtes Leben kennzeichneten. Er setzte ein fast dämonisches Lächeln auf. Was er soeben gehört hatte, konnte er eigentlich nicht glauben, aber er wusste auch, dass Sobich mit ihm keine Scherze machte, denn dazu hatte er wahrlich keinen Grund. Er kannte den leitenden Arzt schon seit seiner Studienzeit. Nach dem Studium hatten sie sich vorerst aus den Augen verloren, aber wie das Leben so spielt, kreuzten sich ihre Wege wieder.

Während Sobich eine medizinische Laufbahn angestrebt hatte, verschlug es Kreuzer in die Forschung. Er studierte neben Medizin noch Biologie und fand schnell eine Anstellung im größten Forschungszentrum des Landes. Sein fachliches Wissen verhalf ihm die Karriereleiter, auf Anhieb zu erklimmen. Er wurde im relativ jungen Alter zu einer Führungspersönlichkeit der Abteilung für Genforschung. Sein uneingeschränkter Enthusiasmus für dieses Gebiet kannte keine Grenzen, und genau diese zu überschreiten, war sein Ziel. Jahrelang hatte er sich an die gesetzlichen Vorgaben gehalten, überschritt sie aber dann des Öfteren, indem er Barrieren durchbrach, die seinen Weg versperrten. Er geriet in Konflikt mit dem Ministerium, das seine Methoden nicht länger tolerieren konnte. Als sich die öffentlichen Medien dem Thema annahmen, war Kreuzer nicht mehr zu halten gewesen, und wurde daraufhin suspendiert. Er zog sich für ein Jahr zurück, welches er für private Zwecke nutzte. In dieser Zeit kaufte er sich von der nicht unerheblichen Abfindung eine Villa und richtete dort ein privates Labor ein.

Als ihm die Leitung des städtischen Klinikums angeboten wurde, konnte er nicht ablehnen. Hier traf er Lars Sobich wieder. Dieser war kompetent auf seinem Gebiet, aber charakterschwach. Kreuzer fand heraus, dass er noch andere Schwächen hatte, und konfrontierte Sobich mit seinem nicht tolerierbaren Lebenswandel. Er hatte Sobich mit seinem Wissen darüber in der Hand und nutzte ihn als Mittelsmann für dubiose Geschäfte.

Mit sechzig trat Kreuzer von seiner Position zurück und widmete sich nur noch seinem privaten Labor. Er schlug, den fünf Jahre jüngeren Sobich, für die Leitung des Klinikums vor, der den Posten daraufhin übernahm. Kreuzer hatte ihn danach immer unter seiner Kontrolle.

Kreuzers Himmelreich war das Labor, welches sich im Untergeschoss des geräumigen Hauses befand. Die Einrichtung und Geräte hatte er im Schwarzhandel erstanden. Die vielen Kontakte, die er im Laufe der Jahre geknüpft hatte, kamen ihm nun zugute. So besorgte er sich von Unterhändlern auf illegale Weise Medikamente und Chemikalien, die er für seine Versuche benötigte. Seitdem er sich frei entfalten konnte, kam er auch zu erstaunlichen Ergebnissen, die er zuvor für unmöglich gehalten hatte. Der Verkauf seiner Erkenntnisse war ein lukratives Geschäft.

Korrupte Abnehmer gab es überall, auch in der Forschung. Die zwei Patienten, so nannte er seine Versuchspersonen, die er momentan behandelte, bewohnten einen abgetrennten Teil des Obergeschosses. Dieser Bereich war nur über ein separates Treppenhaus zu erreichen. Beide hatten dort alles, was sie zum Leben benötigten. Die einzige Einschränkung, der sie Folge leisten mussten, war, dass sie das Haus mit dem dazugehörigen Grundstück nicht verlassen durften. Ansonsten lebten sie wie die Made im Speck, kein Vergleich zu ihrem vorherigen Lebensstil. Die alte Frau war obdachlos gewesen und lebte zuvor vom Betteln in der Fußgängerzone und der junge Mann war ein Junkie, der auf der Straße sowieso keine Zukunft mehr hatte. Beide wurden von niemandem vermisst und waren für Kreuzers Zwecke perfekt. Bereitwillig ließen sie sich auf die Experimente des Forschers ein und wurden mit Nahrung und Drogen dafür belohnt. Was der Doktor mit ihnen anstellte, welche Mittel er ihnen spritzte, interessierte den beiden nicht im Geringsten, solange es ihnen nur gut ging. Kreuzer hatte wie so oft alles unter Kontrolle. Eine Flucht seiner Patienten war mehr oder weniger ausgeschlossen. Das Anwesen glich einer Festung und wurde von Kameras überwacht. Für die Sicherheit war sein Sohn Marlon verantwortlich sowie für vieles mehr.

Marlon war das einzige Kind, das ihm seine geliebte Frau geschenkt hatte. Ihr Glück währte nicht lange, denn fünf Jahre nach Marlons Geburt verstarb sie an

Krebs. Seitdem bekämpfte er diese heimtückische Krankheit auf seine ureigene Weise, indem er Erbanlagen manipulierte.

Marlon war immer ein Problemkind gewesen und nach dem Tod seiner Frau fühlte sich Kreuzer mit seinem unberechenbaren Sohn überfordert. Der Tatbestand, dass sich der Junge nicht anpassen konnte, wuchs ihm über den Kopf. Immer wieder verwickelte sich Marlon in Schlägereien, was zwei Schulverweise nach sich gezogen hatte. Erst auf einem Internat besann er sich, entdeckte andere Interessen, die ihn forderten. Er besaß aber nicht die Zielstrebigkeit seines Vaters und so fiel sein Schulabschluss eher bescheiden aus. Für ein Studium reichten seine schulischen Leistungen nicht aus, worüber Richard sehr enttäuscht war. Er fand sich schweren Herzens damit ab, dass sein Sohn nie in seine Fußstapfen treten würde. Marlon wurde Kaufmann und verkaufte stattdessen Autos, wobei er häufig die Legalität vernachlässigte. Seinen Hang zur Gewalt hatte er nie abgelegt. Wenn er es für nötig hielt, setzte er sie rücksichtslos ein. Er war ein kantiger, muskelbepackter Typ, mit kurzgeschorenen Haaren, der schon alleine mit seinem Erscheinungsbild Angst und Schrecken verbreiten konnte. So manch eine Autoschieberbande hatte er mit seinen Kumpels in die Flucht geschlagen. Immer wieder kam er mit dem Gesetz in Konflikt und Richard musste seine Beziehungen einsetzten, um ihn vor Schlimmerem zu bewahren. Nun stand Marlon mehr denn je unter seinem Einfluss, da Richard ihn in seinen Machenschaften involviert hatte. Marlon verfügte über ein feines Gespür, mit dem er das Schlechte im Menschen aufspüren konnte. Er war es auch, der Sobichs dunkle Seite entdeckt hatte, und ihn damit unter Druck setzte. Richard und Marlon Kreuzer ergänzten sich derzeit ausgezeichnet.

***

Marlon hatte sein eigenes Reich im Obergeschoss. Durch eine Verbindungstür konnte er den Bereich der Patienten erreichen, was er nur äußerst selten nutzte. Für die war sein Vater verantwortlich, nur wenn sie Ärger machten, griff er ein. Marlons Arbeitszimmer war eine Kreuzung aus Überwachungszentrum und Fitnessraum. Die fensterlose Wand war mit etlichen Monitoren versehen, davor stand ein Pult mit vielen Knöpfen und Reglern. Alle Monitore zeigten Räumlichkeiten des Hauses, bis auf die vier äußeren Bildschirme, die das Grundstück wiedergaben. Überall waren Kameras angebracht, die Marlon mit dem Steuerungspult bedienen konnte. Er konnte Kameras aus und zuschalten, sowie deren Blickwinkel ändern, je nachdem was er gerade einsehen wollte. Die wichtigsten Bilder liefen ständig auf den Monitoren, alleine drei für den Patientenbereich. Marlon sah, wie der Junkie gemeinsam mit der alten Frau in der Küche eine einfache Mahlzeit zubereitete, was ihn herzlich wenig interessierte. Er lag derweilen auf seiner Hantelbank und drückte Gewichte, dabei hörte er über einen Funkkopfhörer Metallica. Die harten Klänge der Band pushten ihn regelrecht auf, er konnte so seinen inneren

Schweinehund besser überwinden und das Training in die Länge ziehen. Er trainierte jeden Tag mindestens eine Stunde lang, da ihm körperliche Fitness besonders wichtig war. Er musste sich in seinem Leben oft mit Gewalt durchsetzen, und wenn es keine andere Möglichkeit gab, war er auch gerne dazu bereit.

Metallica stimmten gerade ein neues Gitarreninferno an, als plötzlich sein Vater mit wild gestikulierenden Händen vor ihm stand. Marlon nahm den Kopfhörer ab.

„Mach den Krach aus und steh auf, ich muss mit dir reden!"

Marlon legte die Gewichtstange auf der Ablage ab und stand auf. Das enge Unterhemd klebte an seinem verschwitzten Körper. Er nahm ein Handtuch und trocknete sein Gesicht.

„Was gibt es Vater?"

„Ich hatte gerade einen interessanten Anruf von Sobich."

„Was wollte der Wichser denn?", fragte Marlon und legte das Handtuch über seine breiten Schultern.

„Er hat einen neuen Patienten für uns, einen ganz besonderen Patienten. Er war völlig außer sich, als er mir davon berichtete, und wenn er die Wahrheit gesagt hat, steht uns etwas Phänomenales ins Haus. Es handelt sich um einen kleinen Jungen, der sich merkwürdig schnell entwickelt. Sobich sagte, dass so gut wie niemand von seiner Existenz weiß, und er ihn uns überlassen will. Wir könnten im Laufe des Vormittags kommen und das Kind abholen, allerdings müssten wir auch eine Krankenschwester mitnehmen, die sowas wie die Ziehmutter des Jungen ist. Obwohl ich nicht sicher bin, ob er die Wahrheit sagt, sollten wir einige Vorkehrungen treffen."

„Und die wären?", fragte Marlon, der gespannt zugehört hatte.

„Zunächst müssen unsere beiden Patienten verschwinden. Ruf Jimmy an, der soll das erledigen!"

„So wie immer?"

„Ist mir völlig egal, ob so wie immer oder anders, Hauptsache unauffällig und ohne Spuren zu hinterlassen, und vor allen Dingen schnell. Wenn wir heute Abend wieder hier sind, will ich die beiden Assis hier nicht mehr sehen, und wenn dein Freund das nicht hinbekommt, kann er seine Offizierskarriere vergessen. Richte ihm das von mir mit den besten Wünschen aus."

„Ist gut, ich mache Druck. Jimmy kriegt das hin."

„Das will ich hoffen. Dann schmeißt du Rudolf aus dem Bett, er soll das Haus überwachen, solange wir fort sind, und den Saustall da oben auf Vordermann bringen. Weih ihn über Jimmy ein. Sie sollen nett zu unseren Patienten sein, solange sie sich noch auf unserem Grundstück befinden. Ich gehe gleich zu ihnen und erkläre den beiden, dass sie abgeholt werden, weil ich eine Überraschung vorbereitet habe. Für den Abend verspreche ich ihnen als Belohnung ein ausgiebiges Essen mit gutem Wein", meinte Kreuzer abschließend mit einem zynischen Lächeln im Gesicht.

„Ich leite alles in die Wege. Wann soll es losgehen?"

„Wir fahren in zwei Stunden. Ich muss zuvor noch einige Dinge organisieren und ein paar Telefonate führen. Nehm noch zwei drei Fotos von Sobich aus deinen Unterlagen mit, falls er auf dumme Gedanken kommen sollte."

Zwei Stunden später machten sich die Kreuzers auf den Weg zum Klinikum.

Veränderungen

Falcao hatte sich verändert, er hatte seine Ausgewogenheit verloren. Er war momentan nicht mehr Herr seiner selbst, die Kontrolle über sich war ihm abhandengekommen. Er durfte nicht zulassen, dass sich dieser Zustand noch verschlimmerte. Wenn er in der Öffentlichkeit mutieren sollte, würden die Menschen ihn jagen. Nicht, dass er davor Angst hatte, doch ohne seine Anonymität konnte er seinen Zweck nicht erfüllen. Das, was über allem stand, durfte er nicht gefährden. Als er die Frau mit dem Kinderwagen im Park begegnet war, hatte er gespürt, dass sein Sohn in diesem Wagen lag, mehr noch, er hatte ihn gefühlt, obwohl er ihn nicht zu Gesicht bekommen hatte. In diesem Moment stieg unermesslicher Hass in ihm auf, Hass, der fast eine unkontrollierte Mutation ausgelöst hätte. Am liebsten hätte er den Jungen aus dem Wagen gezogen und in Stücke gerissen. Mit letzter Überwindung konnte er sich noch abwenden und auf eine der Bänke setzen. Er schaffte es, sich zu sammeln und hatte seine aufgewühlten Sinne wieder beruhigt. Das hübsche Gesicht der dunkelhaarigen Frau hatte er sich eingeprägt. Diese Situation war ein Warnsignal gewesen, aus dem er seine Lehre gezogen hatte.

Falcao brauchte Ruhe, eine Umgebung ohne Menschen, wo er seine Sinne bündeln, und seinen Instinkt schärfen konnte. Die Fährte seines missratenen Sohnes würde er anschließend wieder aufnehmen können. Er nahm für den Rest der Woche frei, und fuhr dorthin zurück, wo er aufgewachsen war. Er fuhr zu den Wäldern am Fuße der Berge.

***

Vielleicht täuschte sie sich, aber Sobich schien mit der Situation überfordert zu sein. Diana fand, er war während der letzten Untersuchung nicht bei der Sache, wirkte abwesend und nachdenklich. Natürlich, wie sollte er beurteilen, was er nicht kannte, niemand konnte dies, und dass er besorgt war, schien auch verständlich. Nur er öffnete sich nicht, als würde ihn noch etwas anderes bedrücken. Diana konnte sich dem Eindruck nicht erwehren, dass Sobich etwas vor ihr verheimlichen wollte. Im Grunde kannte sie ihn zu wenig, um solche Mutmaßungen anzustellen.

Sie wurde aus ihren Gedanken gerissen, weil es an der Tür klopfte. Diana öffnete sie und Lars Sobich stand ihr gegenüber.

„Hallo Frau Rieschel, darf ich kurz reinkommen?"

Diana ließ ihn ein und zog die Tür zu.

„Ich habe mich erkundigt und jemanden gefunden, der sich Quick ansehen möchte."

„Nick."

„Entschuldigung, der sich Nick ansehen möchte. Ein Wissenschaftler und Spezialist auf seinem Gebiet."

„Auf welchem Gebiet?", fragte Diana.

„Das wird er ihnen selber erklären. Ich kenne diesen Mann sehr gut und kann ihnen versichern, dass der Junge bei ihm in guten Händen ist. Ich kann mir durchaus vorstellen, dass er sie und Nick mit zu seiner

Praxis nehmen möchte, um ihn in aller Ruhe untersuchen zu können. Sie sollten sich also auf einen Umzug einstellen, wenn sie an der Seite des Jungen bleiben wollen."

„Ich bleibe auf jeden Fall bei Nick, egal wohin dieser Wissenschaftler mit ihm hinfährt. Ich weiß gar nicht, wie sie in Betracht ziehen können, ich würde ihn alleine lassen", sagte Diana gereizt und vorwurfsvoll.

„Davon bin ich auch nicht ausgegangen, dennoch habe ich eine Bitte an sie, ich möchte, dass sie in diesem Raum bleiben, bis sie erneut von mir hören. Wenn die Sache an die Öffentlichkeit gerät haben wir keine Ruhe mehr, denn die Presseleute werden uns die Bude einrennen, und das wäre sicherlich auch nicht in ihrem Sinne, denke ich."

Sobich reichte Diana die Hand: „Ich melde mich bei Ihnen, sobald Richard Kreuzer da ist!"

Als Lars Sobich gegangen war meldete sich plötzlich Nick zu Wort.

„Mami, Nick Hunger!"

Der Junge stand aufrecht in seinem Bettchen und hielt sich am Gitter fest. Er strahlte Diana mit seinen hellwachen Augen an. Seine Kleidung war ihm schon wieder zu klein geworden, Diana würde sie gleich wechseln müssen, aber zunächst bereitete sie seinen Brei zu. Sie setzte sich mit Nick auf dem Schoß an den Tisch und fütterte ihn mit einem Löffel.

„Ich alleine", sagte Nick gut verständlich und nahm Diana den Löffel aus der Hand. Er rührte damit in dem

Brei herum und führte ihn zu seinem Mund. Die Hälfte des Breis schmierte er sich an die Backen. Bei jedem Versuch klappte es besser und er leerte den Teller bis auf den Rest, der auf dem Rand lag. Er legte den Löffel ab und zeigte Diana demonstrativ seine breiverschmierten Hände.

„Abbuzze!"

„Ja, jetzt müssen wir den kleinen Schmierfinken wieder sauber machen", bestätigte Diana lachend.

Sie säuberte Nick im Bad, schnitt seine Nägel, und zog ihm frische Windeln und größere Kleidung an. Anschließend setzte sie sich mit ihm aufs Sofa, schaltete den Fernseher an, und wartete.

***

Nach anderthalb Stunden Fahrt hatten die Kreuzers das Klinikum gegen siebzehn Uhr erreicht. Sie gingen gleich zu Sobichs Büro. Auf dem Weg dorthin wurde Richard Kreuzer von vielen ihm bekannten Leuten gegrüßt, was ihm gar nicht behagte. Sie gingen durch das Vorzimmer, wobei sie die Sekretärin kaum beachteten. Richard klopfte einmal an die Bürotür und öffnete sie unaufgefordert.

„Hallo Lars, lange nicht gesehen."

Marlon kam ebenfalls ins Büro und schloss die Tür.

„Na Sobich, letzte Zeit noch junge Hüpfer vernascht?", sagte er hämisch und zwinkerte dem Chefarzt zu.

Sichtlich verlegen, bot Sobich den beiden an doch Platz zu nehmen. Nachdem sie sich gesetzt hatten, ergriff der alte Kreuzer das Wort.

„Jetzt erzähl mal Lars, was ist hier vorgefallen und was ist mit dem Jungen konkret? Bitte langsam und schön der Reihe nach!"

Sobich berichtete ausführlich, ließ nichts aus, und wurde einige Male von Richard unterbrochen, der den unglaublichen Schilderungen Sobichs nicht immer folgen konnte und nachfragen musste. Marlon sagte nichts, saß mit vor der Brust verschränkten Armen ruhig auf seinem Stuhl, und hörte gespannt zu.

„Von dem sonderbaren Jungen und dessen Eigenschaften wissen im Grunde nur du und diese Hebamme Bescheid, habe ich das richtig verstanden?", fragte Kreuzer, nachdem Sobich seine Berichterstattung beendet hatte.

„Ja, andere haben davon nur am Rande mitbekommen, und den Angehörigen der verstorbenen Mutter habe ich von dem Kind nichts erzählt."

„Und was stellst du dir jetzt vor?"

„Ich überlasse dir den Jungen, im Gegenzug verlange ich von dir die Unterlagen, die du über mich besitzt, und einhunderttausend Euro."

Richard Kreuzer lachte laut auf.

„Hast du das gehört Marlon, unser Kinderschänder stellt Bedingungen. Zeig ihm mal die schönen Fotos aus seinen Unterlagen."

Marlon kramte einen Umschlag aus seiner Jackentasche, holte Fotos heraus, und streckte sie Sobich entgegen.

„Diese schönen Bildchen willst du also. Sei vorsichtig mit dem, was du sagst Wichser, ein Klick und jeder kann deinen nackten Arsch betrachten, sowie die verweinten Gesichter der kleinen Mädchen, mit denen du dich aufgegeilt hast", sagte Marlon drohend und steckte die Fotos wieder ein.

„Du bist nicht in der Position, um hier eine dicke Lippe riskieren zu können Lars. Hätte ich dir damals nicht den Rücken freigehalten, säßest du nun nicht auf diesem Stuhl, sondern auf irgendeiner harten Pritsche in einer dunklen Zelle. Du würdest vor Mithäftlingen zittern, die es auf dich abgesehen hätten. Wir werden den Jungen und die Frau mitnehmen, und wenn ich zu erfolgversprechenden Ergebnissen kommen sollte, können wir später über eine kleine Vergütung sprechen. Sollte dir das nicht passen, oder wenn du Informationen weitergeben solltest, lasse ich Marlon freie Hand. Du weißt, dass mein Junge nicht zimperlich ist. Lasse es also nicht darauf ankommen Lars. Und jetzt möchte ich den Jungen sehen", machte Richard dem Chefarzt unmissverständlich klar.

Sobich sagte keinen Ton mehr und stand auf.

***

Diana war gerade im Begriff den Raum mit Nick zu verlassen. Sie hatte das Warten satt, wollte mit dem Jungen an die frische Luft gehen, als es wieder an der

Tür klopfte. Sobich und zwei weitere Männer standen auf dem Flur. Nick klammerte sich an ihrem Bein und sie nahm ihn auf den Arm.

„Ich möchte ihnen Richard und Marlon Kreuzer vorstellen. Können wir reinkommen Frau Rieschel?", sagte Sobich kleinlaut.

Diana bat die Männer herein und setzte sich mit Nick auf das Sofa. Er hatte merklich an Gewicht zugelegt und wurde ihr langsam zu schwer. Der junge Mann setzte sich dreist neben ihr, ohne ein Wort zu sagen. Nick betrachtete ihn ängstlich und schmiegte sich noch dichter an Diana. Der ältere Mann reichte ihr die Hand.

„Ich bin Doktor Richard Kreuzer und der Mann ohne Manieren ist mein Sohn Marlon. Doktor Sobich hat uns über den Jungen eingeweiht und mich um Hilfe gebeten. Er ist der Ansicht, dass Nick in diesem Klinikum nicht mehr gut aufgehoben ist. Erstens, weil es hier nicht die entsprechenden Untersuchungsmöglichkeiten gibt, und zweitens, weil hier Nicks Sicherheit nicht gewahrt bleiben kann. Wenn die Presse von dem Wunderkind erfährt, ist hier die Hölle los, und konzentriertes Arbeiten so gut wie unmöglich. Wir haben gemeinsam beschlossen, den Jungen mit in meine Privatklinik zu nehmen. Sie dürfen ihn gerne begleiten, das würde ich sogar sehr begrüßen, weil sie, wie ich erfahren habe, seine Bezugsperson sind. Platz haben wir genug und sie bekommen alles was sie benötigen Frau Rieschel. Was halten sie von meinem Vorschlag?", fragte Kreuzer abschließend.

„Vielleicht haben sie Recht, aber was werden sie mit Nick machen? Was wollen sie untersuchen und wie lange wird es dauern?"

„Anfänglich werden es normale Untersuchungen sein und je nachdem, was diese ergeben, werden wir weiter vorgehen, Schritt für Schritt, bis wir eine mögliche Ursache des Phänomens gefunden haben der wir dann auf den Grund gehen können. Wie lange das dauern wird, kann ich nicht sagen, ich bin Mediziner und Biologe, aber kein Wahrsager", antwortet Kreuzer wahrheitsgemäß. „Ich weiß nicht, ob und wie lange sie abkömmlich sein können, aber sie sollten sich auf einen längeren Zeitraum einstellen. Ich muss ihnen leider mitteilen, dass sie abgeschottet sein werden, und meine Klinik während dieser Zeit nicht verlassen können. Ich arbeite für das Forschungsministerium und Vertraulichkeit ist eines der obersten Gebote. Es darf von meiner Arbeit nichts nach außen dringen, solange wir keine eindeutigen Ergebnisse in der Hand haben. Mein Sohn ist für ihre und unsere Sicherheit verantwortlich, und seinen Anweisungen haben sie Folge zu leisten. Entschuldigen sie, wenn ich so direkt mit ihnen spreche, aber ich lege lieber gleich alle Karten auf den Tisch, bevor es zu Missverständnissen kommt. Und wie ich die Sache sehe, haben sie sowieso keine andere Wahl, weil ihr Wissen gefährlich für das Projekt und für das Wohlergehen des Jungen werden könnte."

Verblüfft sah Diana die Anwesenden nacheinander an. Keiner zeigte eine Regung, nur Marlon zog ein grinsendes Lächeln auf.

„Ich schlage vor", fuhr Kreuzer fort, „dass sie einige Anrufe tätigen, um ihnen nahestehenden Personen zu erklären, dass sie für eine Weile nicht erreichbar sein werden. Ihnen wird schon etwas einfallen. Marlon wird die Gespräche überwachen, damit sie nicht zu viel ausplaudern. Dann sollten sie ihre Sachen packen. Zu ihrer Wohnung werden sie nicht mehr fahren können. Alles was sie noch benötigen, werden wir später besorgen, ebenso die Dinge, die für Nick noch fehlen. Ich würde sagen, dass wir in einer Stunde abfahren. Was halten sie davon?"

Diana nickte nur. Es wurde ihr im Moment alles zu viel, sie konnte keine klaren Gedanken mehr fassen. Sie dachte nur an Nick und machte sich Sorgen um ihn.

Eine Stunde später saßen sie und Nick im Wagen der Kreuzers und fuhren mit ihnen in Richtung Süden.

Neues Heim

Während der Fahrt sagte keiner ein Wort. Einzig permanentes Maschinengewehrfeuer war im Fahrzeuginneren zu vernehmen, weil Marlon mit seinem Smartphone ein Ballerspiel spielte. Richard Kreuzer saß am Steuer und wirkte äußerst konzentriert. Nachdem sie München passiert hatten, schlief Nick ein. Zuvor hatte er sich verängstigt an Diana gedrückt, nun aber störte er sich nicht einmal mehr an die Knallerei, die gedämpft nach hinten drang. Diana konnte nicht abschalten, zu viele Gedanken schwirrten durch ihren Kopf. Sie stellte sich Fragen, die sie nicht beantworten konnte. Die Frage, wie es weitergehen würde, überragte alles, und konnte nur beantwortet werden, indem sie abwartete. Alle Spekulationen halfen nicht weiter, sie musste einfach Ruhe bewahren, und sich um Nick kümmern. Dessen Wohlbefinden lag ihr am Herzen, und vielleicht fand der Forscher ja wirklich die Ursache seines schnellen Alterungsprozesses heraus, und konnte diesen stoppen.

Kreuzer verließ die Autobahn und fuhr anschließend auf einer Bundesstraße weiter. Diana betrachtete die Umgebung, die zunehmend ländlicher wurde. Eine Viertelstunde später durchfuhren sie ein kleines Dorf, dann wechselte Kreuzer die Richtung, und sie folgten einer Landstraße. Nach etwa drei Kilometern bog er rechts, auf eine gepflasterte enge Straße ab. Links und rechts befanden sich Getreidefelder, dann kamen sie in einen angrenzenden Wald. Der Baumbestand wurde zusehends dichter und die Laubbäume spannten einen grünen Bogen über die schmale Straße. Wie aus dem Nichts, tauchte auf der linken Seite plötzlich eine hohe Mauer aus roten Klinkersteinen auf. Sie wirkte in der grünen Umgebung wie ein Fremdkörper. Kreuzer verringerte das Tempo und hielt vor einem Tor an, welches in der Mauer eingelassen war. Er nahm eine kleine Fernbedienung zur Hand und das verstrebte Metalltor schwang nach innen auf. Sie fuhren auf die Grundstücksauffahrt und Diana sah, wie sich das Tor hinter ihnen wieder schloss. Die Zuwegung war etwa zweihundert Meter lang und wurde von mächtigen Eichen flankiert, dann tauchte vor ihnen ein altertümlich anmutendes Gebäude auf. Sie hatten ihr Ziel erreicht.

Vor dem Gebäude bildete die Zuwegung einen Kreis, der in der Mitte mit üppig wachsenden Stauden und akkurat geschnittenen Koniferen bepflanzt war. Das imposante Fachwerkhaus war mit den gleichen Klinkersteinen ausgemauert wie die Begrenzungswand. Die naturbelassenen Eichenbalken verliehen der Fassade ein rustikales Aussehen. Große Bogenfenster waren ebenfalls in Eichenholz eingelassen und lockerten durch ihre weiße Lackierung das Gesamtbild auf. Rechts schloss das Gebäude mit einem runden Turm ab, der das mit roten Tonpfannen eingedeckte Dach ein Stück weit überragte. Auf der linken Seite war ein kleineres Gebäude über Eck angebaut.

Kreuzer hielt direkt vor dem doppeltürigen Eingang und stieg sofort aus. Diana weckte Nick behutsam, der sich daraufhin verschlafen die Augen rieb, dann Diana anblickte, und freudig anlächelte. Sie wunderte sich immer wieder, wie schnell der Junge wach wurde, ohne dabei zu nörgeln.

Diana beobachtete, wie die Haustür geöffnet wurde und ein schlanker Mann heraustrat. An ihm fiel ihr sofort das schwarze zurückgekämmte Haar auf und das er eine dunkle Stoffhose trug. Er schien auf die 50er Jahre zu stehen, oder aber er hatte nur einen schlechten Geschmack. Er ging die zwei Stufen vor dem Eingang hinunter und kam Kreuzer entgegen. Der hagere Mann flüsterte dem Wissenschaftler etwas ins Ohr, der daraufhin zustimmend nickte. Nun stieg auch Marlon aus, ging auf den anderen Mann zu, und klatschte ihn per Handschlag ab. Diana schätzte die beiden auf Mitte dreißig, den grauhaarigen Wissenschaftler auf Ende sechzig. Der alte Kreuzer wandte sich von den jungen Männern ab und schlenderte gelassen auf das Auto zu. Er öffnete die hintere Tür.

„Sie dürfen ruhig aussteigen Frau Rieschel, die Fahrt ist hier zu Ende", sagte er gelassen.

Diana stieg aus und ging auf die andere Seite um Nick aus dem Fahrzeug zu holen. Sie löste die Gurte und hob ihn aus dem Kindersitz.

„Ich zeige ihnen nun ihre Unterkunft, folgen sie mir bitte!"

Diana nahm Nick auf den Arm und ging mit Kreuzer zum Eingang. Neben den Männern stoppte er.

„Dieser magersüchtig aussehende junge Mann ist Rudolf, mein Assistent, und wie sagt man so schön, Mädchen für alles. Er wird ihre Sachen gleich nach oben bringen."

Er wies den Mann kurz ein und ging weiter. Diana folgte Kreuzer ins Haus. Sie kamen in eine geräumige Diele mit offenem Ständerwerk. An den verputzten Wänden hingen moderne Bilder, diese boten einen sonderbaren Kontrast zum ansonsten rustikalen Ambiente. Rechts befand sich ein offener Türbogen, durch den Kreuzer nun ging. Am Ende eines schmalen Ganges kamen sie in ein Treppenhaus. Die gewendelte Treppe befand sich in dem Turm, den Diana von draußen gesehen hatte. Nick klammerte sich ängstlich um Dianas Hals, als sie die Stufen hinaufstiegen. Sie erreichten eine Tür mit Glasausschnitt, die der rüstige Mann öffnete.

„Hereinspaziert, dies ist vorläufig ihr neues Heim", meinte Kreuzer fast überschwänglich, „hier sollten sie alles vorfinden, was sie und der Junge benötigen, falls nicht, sagen sie mir einfach Bescheid."

Der Mann hatte nicht übertrieben, Diana fand eine voll ausgestattete Wohnung vor. Küche, Bad, zwei Schlafräume, eins mit beigestelltem Kinderbett und ein großes Wohnzimmer, alles modern und komfortabel eingerichtet. Auffällig waren nur die vielen Duftspender, die in der ganzen Wohnung verteilt standen. Diana hegte den Verdacht, dass die Räumlichkeiten vor nicht allzu langer Zeit noch bewohnt gewesen waren. Der künstliche Duft konnte den Geruch von abgestandenem

Zigarettenrauch nicht übertünchen. Sie glaubte, selbst noch Schweiß riechen zu können. Diana setzte Nick auf den Boden ab, nahm ihn an die Hand, und ging in die Küche zum Kühlschrank. Sie ließ sich Zeit und der zwei Tage alte Junge konnte ihrem langsamen Gang gut folgen. Kreuzer kam ihnen hinterher. Diana öffnete den Kühlschrank und war erstaunt. Kindernahrung, wie Brei und Milch war reichlich vorhanden, das hätte sie so nicht erwartet. Kreutzer hatte sich gut vorbereitet und war sich seiner Sache anscheinend von vornherein sicher gewesen, dass Diana und Nick mit zu ihm auf das Anwesen zogen. Diana machte den Kühlschrank wieder zu.

„Ich habe ihnen doch gesagt, dass alles vorhanden ist, der Junge soll doch nicht verhungern, und sie natürlich auch nicht. Jeden Vormittag ist unsere Haushälterin anwesend, sie ist auch für die Einkäufe zuständig. Im Treppenhaus hängt eine Pinnwand, dort können sie einen Einkaufszettel anheften, wenn sie etwas benötigen sollten. Die Küche ist hochwertig ausgestattet, Geräte finden sie in dem rechten unteren Schrank. Sehen sie sich nachher einfach in Ruhe um, sollte etwas fehlen oder nicht funktionieren, sagen sie mir Bescheid. Kleinere Reparaturen übernimmt Rudolf, er ist technisch sehr versiert", bemerkte Kreuzer, als sich die Tür öffnete. „Sehen sie, wenn man vom Teufel spricht. Stell die Sachen einfach im Wohnzimmer ab Rudi!"

Entweder war sein zurückgekämmtes Haar voller Gel oder fettig. Diana mochte diesen schmierigen

Typen nicht, ebenso wenig, wie sie Marlon mochte. Obwohl sie die beiden Männer so gut wie gar nicht kannte, konnte sie sich diesem Gefühl nicht entziehen.

Als Rudolf die Wohnung wieder verlassen hatte, sagte sie: „Wie sieht es mit Kleidung aus? Ich habe für mich und Nick nur das Nötigste mitnehmen können, vor allem das Kind braucht Sachen zum Anziehen und Schuhe. Wie sie wissen, wächst der Junge unheimlich schnell, von daher benötigen wir Kleidung in aufsteigenden Größen. Ich möchte, dass Nick ordentlich angezogen ist und gute Schuhe, sowie Sandalen bekommt. Haben sie sowas auch vorrätig?", wollte Diana wissen.

„Nein, aber damit gerechnet, deshalb habe ich für morgen eine Shoppingtour vorgesehen. Marlon wird mit ihnen in die Stadt fahren, dort können sie alles besorgen, was sie und das Kind brauchen. Kaufen sie so ein, dass sie mindestens zwei Wochen mit der Kleidung auskommen, da sie das Grundstück anschließend für eine Weile nicht mehr verlassen können. Wenn ich von Sobichs Diagnose ausgehe, könnte unser Quick in vierzehn Tagen schon ein kleiner Teenager sein, welche Kleidergröße er dann haben könnte, wissen sie sicher besser als ich. Lassen sie bei der Gelegenheit auch seine Haare schneiden, der Junge sieht ja aus wie ein Mädchen. Ich lasse sie jetzt alleine Frau Rieschel, damit sie und der Junge sich in aller Ruhe an die neue Umgebung gewöhnen können. Sie hören morgen früh von mir. Gute Nacht", sagte Kreuzer, drehte sich um, und verließ die Wohnung.

Noch vor zwei Tagen hatte Diana Rieschel von Selbstmitleid zerfressen in ihrer tristen Wohnung gehockt und den Sinn des Lebens verloren. Nun befand sie sich auf einem noblen Anwesen und hatte die Verantwortung für ein eigenartiges Kind übernommen, das sie sofort für sich liebgewonnen hatte. Eine absurde Veränderung, die es zu bewältigen galt, und sie hatte sich fest vorgenommen, sich dieser Herausforderung zu stellen.

„Mama, Nick hat Hunger!", wurde sie aus ihren Gedanken gerissen.

„Ich auch mein Junge, wie ein Wolf."

„Mama ist ein Wolf?"

„Nein, aber ich habe großen Hunger, lass uns die neue Küche ausprobieren."

Diana setze Nick auf einen Küchenstuhl, von wo aus er beobachtete, wie sie einen Schrank nach dem anderen öffnete. Nachdem sie sich langsam zurechtgefunden hatte, war die Mahlzeit schnell zubereitet. Als sie den Tisch abräumte, fielen Nick die Augen zu, was sie so noch nie wahrgenommen hatte. Der anstrengende Tag hatte auch bei ihm Spuren hinterlassen. Diana brachte ihn ins Bett, wo er dann sofort weiterschlief. Auch sie konnte eine gewisse Müdigkeit nicht verleugnen, doch sie wollte ihre Sachen noch auspacken und in den Kleiderschränken verstauen. Viel hatte sie nicht dabei, deswegen wollte sie morgen vorschlagen, dass Marlon zu ihrer Wohnung fuhr, damit sie noch einige Dinge holen konnte. Zu gerne hätte sie auch ihre Fotoalben bei sich gehabt.

Nachdem Diana alles in den Schränken sortiert hatte, vergewisserte sie sich nochmal ob Nick auch gut schlief. Sie strich eine lange Haarsträhne von seinen Augen, die fest verschlossen waren. Er atmete ruhig und regelmäßig, was auf einen tiefen festen Schlaf hindeutete.

Ruhigen Gewissens zog sich Diana Rieschel aus, nahm ihren Kulturbeutel, und ging ins Badezimmer. Sie duschte im Wechsel, heiß und kalt, dann ließ sie lauwarmes Wasser über ihren makellosen Körper prasseln, und genoss das entspannende Kribbeln auf ihrer Haut. Dass sie dabei beobachtet wurde, ahnte sie nicht.

**

Marlon und Rudolf saßen auf der Terrasse hinter dem Haus, blickten auf die riesige Rasenfläche, in deren Mitte sich ein großer Teich befand, und tranken genüsslich ein kühles Bier. Rudi berichtete Marlon über die Ereignisse, die sich während Marlons Abwesenheit zugetragen hatten. Er versicherte, dass alles glatt gelaufen sei. Die Patienten seien in freudiger Erwartung zu Jimmy ins Auto gestiegen. Rudi klärte Marlon über Jimmys Plan auf, was dieser mit den beiden vorgehabt hatte. Marlon brauchte eine Weile, bis er alles genau verstand, dann lachte er laut auf, und stieß mit Rudi an. Sie leerten die Flasche in einem Zuge und öffneten eine Zweite. Nachdem auch diese geleert war, ging Rudolf zu seinem kleinen Domizil, und Marlon verschanzte sich in seinem Reich.

Marlon Kreuzer zog seine Jeansjacke aus, löste die Schlaufe seines Schulterholsters, und legte ihn ab. Er öffnete den Druckknopf des Holsters, zog den Revolver heraus, und legte ihn auf den Schreibtisch. Nach Möglichkeit trug er die Waffe immer bei sich. Wie viele andere Menschen, litt auch er unter einer Phobie. Er hatte aber keine Angst vor Höhe, Spinnen oder ähnlichem Getier, nein, er hatte Angst vor Vampiren. Seitdem er als Kind einen Vampirfilm mit Christopher Lee als Dracula gesehen hatte, verinnerlichte er eine fürchterliche Angst vor diesen blutrünstigen Wesen. Auf einer Karnevalsfeier hatte ihn ein anderer Jugendlicher einmal mit einem aufgesetzten Vampirgebiss dermaßen erschrocken, dass er den Jungen anschließend krankenhausreif geschlagen hatte. Selbst sein alter Herr konnte ihm diese Ängste nicht nehmen, und hatte ihn für verrückt erklärt, als er erfahren musste, dass sich sein Sohn spezielle Kugeln aus reinem Silber anfertigen ließ. Die kleine Handfeuerwaffe war immer mit diesen silbernen Kugeln geladen und lag auch nachts griffbereit an seinem Bett.

Marlon aktivierte das Steuerungssystem und die Monitore sprangen automatisch an. Er bediente noch einige Regler, setzte sich auf den Lederstuhl, und legte seine mit Cowboystiefeln beschuhten Füße auf dem Schreibtisch ab. Er zündete sich eine Zigarette an und beobachtete, wie die Frau den Jungen ins Bett brachte. Das Wunderkind interessierte ihm weniger, vielmehr hatte es ihm die scharfe Braut angetan. Obwohl sie momentan ziemlich erschöpft aussah, hatte sie Klasse, war genau seine Kragenweite. In jedem Raum waren Kameras versteckt, die man nur finden würde, wenn man danach suchte. Das Wohn- und Schlafzimmer konnte er aus zwei Perspektiven betrachten. So sah er auch, wie Diana ihre mitgebrachten Sachen in den Schränken verstaute. Dann wurde es spannend. Als sie sich im Schlafzimmer auszog, beugte Marlon sich weiter vor, um besser sehen zu können. Er folgte ihr mit seinen gierigen Blicken ins Bad. Ihm wurde ganz heiß, als sie sich unter die Dusche stellte. Marlon zoomte das Bild der Dusche näher heran. Sie hatte einen perfekten Körper, große feste Brüste und einen strammen wohlgeformten Po. Als Diana damit begann sich einzuseifen, öffnete Marlon den Reißverschluss seiner Hose.

Alte Heimat

Er konnte ihn wittern, seine Nähe spüren, doch sehen konnte er ihn nicht. Er roch den Schweiß eines Menschen, der ihn beobachtete. Er musste sich irgendwo hinter ihm im Dickicht des Waldes versteckt halten. Der Vogelmensch ließ sich nichts anmerken und wartete auf ein Geräusch. Menschen sind ungeduldige Kreaturen und begehen Fehler.

Falcao hockte unbeeindruckt am kristallklaren Bach und biss mit seinem scharfen Schnabel den Kopf einer Forelle ab. Er warf ihn ins Wasser zurück und verschlang den Rest am Stück. Der rohe Fisch schmeckte köstlich, fast besser als frisches Wildfleisch, wovon er in den letzten Tagen genügend verzehrt hatte. Sein Körper hatte sich während dieser Zeit weiter gestärkt und war noch vollkommener geworden. Ein schwarzer Federflaum bedeckte mittlerweile seine nackte muskulöse Gestalt, nachdem er mutiert war. Einige Federn verfügten schon über einen festen Kiel, der tief in seiner dunklen Haut steckte. Nur sein knochiger Schädel, aus dem der mächtige Schnabel prangte, war kahl. Wann er seine Vollendung als Vogelmensch finden würde, wusste Falcao nicht, er hoffte nur, dass es nicht mehr in weiter Ferne lag.

Jetzt lauerte in unmittelbarer Nähe Gefahr. Falcao wappnete all seine Konzentration dem unbekannten Gegner und stellte sich auf einen überraschenden Angriff ein.

In den Tagen zuvor hatte es keine gravierenden Probleme gegeben und Falcao genoss die friedliche Idylle der Wälder, in denen er aufgewachsen war. Die alte Heimat tat ihm und seiner Entwicklung sehr gut. Hier fühlte er sich geborgen, denn in der freien Natur konnte er sich so geben, wie er wirklich war. Er sammelte neue Kräfte und schüttelte alte Unsicherheiten ab. Falcao hatte seine Sinne wieder unter Kontrolle. Je weiter es ihn in die Wälder verschlug, umso besser ging es ihm. Der angeborene Instinkt war wieder da und half ihm nicht nur bei der Jagd. Er wusste wieder, worin seine Bestimmung lag und fand zu alter Sicherheit zurück. Seinen Fehler musste er ausmerzen, dieses war ihm durchaus bewusst, nur durfte er nicht übereilt handeln, musste Ruhe bewahren und abwarten, wie sich die Dinge weiter entwickeln würden. Er wollte sich Zeit lassen, die Missgeburt zu beseitigen, die er gezeugt hatte. Seine Triebe waren bedauerlicherweise nicht zurückgekehrt. Er hatte die Hoffnung gehegt, sie am Ort seines Ursprungs neu entfachen zu können, deshalb hatte er sich am zweiten Tag auf den Weg gemacht, um seine Geburtsstätte aufzusuchen.

Er durchstreifte die Wälder, die sich am Südhang des Berges bis in weite Höhen zogen. Fernab von Wanderwegen und Pfaden, die von waghalsigen Touristen genutzt wurden, begab er sich immer höher den Berg hinauf. Falcao trug keine Kleidung und keine Schuhe, es machte ihm nichts aus, den Berg barfuß zu besteigen. Der Baumbestand verminderte sich, das Gelände wurde steiniger, dann kam Falcao auf ein riesiges Plateau. Die flache Ebene bestand vermehrt aus Felsbrocken, aber es gab auch grüne mit Gras und Wildblumen bewachsene Flächen. Wenn er nach rechts blickte, sah er die Berghütte, wo er als Kind einige Nächte verbracht hatte. Falcao ging weiter, er wollte vor Einbruch der Dunkelheit wieder auf diesem Plateau zurück sein. Nun wurde es steiler, aber Falcao bewältigte den Anstieg schnell und ohne Probleme.

Am frühen Abend erreichte er die Felsspalte. Er trat an den Rand und blickte hinab. Er fand die Stelle, wo das Ei gelegen hatte, auf Anhieb wieder, doch erkennen konnte er nichts. Das zerborstene Ei war verschwunden. Es lag nicht mehr an dem Ort, wo er aus eigener Kraft geschlüpft war. Hinunterklettern konnte er nicht, weil sein massiger Körper nicht mehr durch die Enge der Spalte passte. Eigentlich hatte er auch nichts anderes erwartet, dennoch saß die Enttäuschung tief. Falcao setzte sich auf einen Felsbrocken und wartete, wartete auf irgendeine Eingebung, auf ein besonderes Gefühl, auf ein Zeichen seiner Erschaffer, doch er wartete vergebens. Seine Rufe nach sexuellem Verlangen blieben ungehört. Nach zwei zermürbenden Stunden begab er sich auf den Rückweg.

Als er die Berghütte erreicht hatte, begann es zu regnen. Der Vogelmensch ging hinein und nahm wieder die menschliche Gestalt des Falcao Mashego an. Er war nackt, aber die abendliche Kälte machte ihm nichts aus. Falcao setzte sich auf den einzigen Stuhl, der sich im

Raum befand, und lehnte seine Arme auf den zerkratzten Holztisch, der in der Mitte der Hütte stand. Er versuchte nachzudenken, konnte aber keine klaren Gedanken fassen. Irgendetwas war merkwürdig an dieser Hütte, das hatte er als Kind nicht so wahrgenommen, aber jetzt löste dieser Ort Unbehagen in ihm aus. Er schaffte es nicht, sein Empfinden zu deuten, aber etwas Dunkles wohnte diesem Ort inne.

Falcao schüttelte seine zu nichts führenden Gedanken ab, sie machten ihn müde. Er verschränkte die Arme auf dem Tisch, legte seinen Kopf dazwischen, und schloss die Augen. Er träumte von der Frau, die seinen Sohn durch die Grünanlage des Krankenhauses geschoben hatte.

Als mutierter Vogelmensch war Falcao am nächsten Morgen zurück in die Wälder des Südhanges gegangen. Seitdem er nun am Bach nach Fischen jagte, fühlte er sich beobachtet. Kurz, nachdem er die Forelle verschlungen hatte, hörte er das Geräusch, doch da war es bereits zu spät. Es folgte ein lauter Knall. Der Schuss traf Falcao in der rechten Schulter und es schmerzte brennend, als die Schrotkugeln sich in sein Fleisch bohrten. Es folgte wieder das Geräusch. Falcao sprang auf und sprintete blitzschnell auf die Stelle zu. Er sah den Mann neben einen Baum stehen und erkannte, wie dieser erneut mit der Flinte auf ihn zielte. Im Bruchteil von Sekunden war der Vogelmensch bei dem Jäger und schlug das Schrotgewehr beiseite. Der folgende Schuss ging hoch in die Bäume, wobei er ausschließlich Blätter zerfetzte. Falcao entriss dem Mann die Waffe und schleuderte sie an einem Baum. Er blickte in die entsetzten Augen des Mannes, die hinter einer dicken Hornbrille lagen und den Vogelmenschen ängstlich anstarrten. Noch ehe er begriff, wie ihm geschah, rammte Falcao seinen spitzen Schnabel in den Brustkorb des Mannes. Es knackte, als zwei Rippen brachen. Falcao zog seinen Schnabel aus der Wunde und augenblicklich floss Blut und tränkte das olivfarbene Hemd des Mannes. Der Jäger blickte ein letztes Mal das entsetzliche Wesen an, dann wurde ihm das Herz herausgerissen.

Falcao verwandelte sich zurück und verscharrte die Leiche unter Laub. Er wollte sich nicht dazu herablassen das Menschenfleisch zu verzehren, das würden andere gefräßige Waldbewohner für ihn erledigen.

Seine Wunden waren fast schon wieder verheilt, doch Falcao schnitt sie mit dem Messer des Jägers wieder auf, um die Schrotkugeln aus seiner Schulter zu entfernen. Er drehte seinen Kopf wie eine Eule unnatürlich weit nach hinten und griff mit dem linken Arm über. Ohne eine Miene zu verziehen, holte er ein Schrotkorn nach dem anderen heraus. Der Schmerz war erträglich und klang schnell ab. Anschließend ging er in den Bach und wusch sich am ganzen Körper. Die Sonne trocknete ihn und die Wunden heilten erneut, zurück blieben kleine Narben, die ihn nicht weiter störten. Vielmehr störte er sich an seiner Unachtsamkeit. Er hatte auf seinen zurückgewonnenen Instinkt vertraut, doch er war zu langsam gewesen, hatte sich überraschen lassen. Seine Sinne hätten ihn sagen müssen wo sich der Mann versteckt hielt, bevor er das Geräusch vernommen hatte.

Falcao beschloss, noch eine Weile in der Wildnis zu bleiben. Er wollte seine Mutation perfektionieren und weiter seine angeborenen Instinkte trainieren, um auch auf unvorhersehbare Situationen vorbereitet zu sein. Erst dann wollte er in die Zivilisation zurückkehren, auf Vollkommenheit hoffen, und die Suche nach seinem Sohn wieder aufnehmen. Er würde ihn töten und seine Mission erfüllen.

Erste Erkenntnisse

Am Mittwochabend war Nick völlig übermüdet. Den ganzen Tag über war er auf den Beinen gewesen. Er hatte aufregende Stunden in der Stadt verbracht. Viele neue Dinge hatte er gesehen und in seinem kleinen Kopf verarbeiten müssen. Menschen, hunderte waren ihm begegnet, einige hatten ihn sogar angesprochen, ihn angefasst, ihn übers Haar gestrichen. Viele Worte waren ihm zu Ohren gekommen, Worte, die er zuvor noch nie gehört hatte, deren Bedeutungen er aber langsam zuordnen konnte. Diese vielen unbekannten Einflüsse hatten ihn ermüdet und das Laufen, von einem Geschäft in das Nächste.

Diana hatte anfangs überlegt, einen Buggy zu besorgen, mit dem sie Nick durch die Stadt schieben konnte, dann stellte sie fest, dass er gerne lief, meistens an ihrer Hand, aber später auch alleine. Sie konnte förmlich sehen, wie Nicks Gang immer sicherer wurde, und am Nachmittag legte er noch einen Zahn zu, indem er anfing zu laufen. Er sprintete ein Stück voraus und eilte nach einer gewissen Entfernung unverzüglich wieder zurück. Zuallererst hatte Diana Schuhe für den Jungen gekauft und Kleidung, die er gleich anziehen konnte. Nachdem sie in einem Schnellrestaurant gegessen hatten, musste Diana Nicks Nägel kürzen und das erste paar Schuhe gegen ein größeres Paar austauschen.

Auch bei Diana Rieschel hatte der anstrengende Tag seine Spuren hinterlassen. Gleich nach dem Frühstück wurden sie von Marlon Kreuzer abgeholt und fuhren dann mit ihm nach München. Nach ihrer Wohnung zu fahren, um persönliche Dinge holen zu dürfen, lehnte er konsequent mit der Begründung ab, dass sie alles Notwendige in der Stadt beschaffen könne. Ansonsten hielt Marlon sich zurück, er ließ Diana gewähren, und räumte ihr uneingeschränkt alle Freiheiten beim Einkauf ein. Er bezahlte und trug ungefragt die vollbepackten Einkaufstaschen zum Auto. Je weiter der sonnige Tag voranschritt, umso mehr kam er ins Schwitzen. Diana wunderte sich, weil er seine Jeansjacke nicht auszog, obwohl es doch sehr warm war.

Diana kaufte für Nick Kleidung, und zwar bis zu der Größe, wie sie im Sortiment der jeweiligen Kinderabteilung erhältlich war. Da sie nicht vorhersehen konnte, ob der Junge schlank oder vielleicht sogar dick werden würde, begnügte sie sich mit dieser Auswahl. Auf den Preis achtete sie nicht, da ihr Gönner anstandslos alles bezahlte. Ab und an hatte auch Nick eine Meinung und sagte, was er mochte oder nicht. Abschließend suchten sie noch einige Boutiquen auf, wo Diana sich neu einkleidete. Marlon äußerte keine Einwände und bezahlte. Auf dem Rückweg kehrten sie noch bei einem Friseur ein. Nick bekam einen passablen Kurzhaarschnitt und Diana ließ sich die Spitzen abschneiden. Diana erkundigte sich nach Scheren und kaufte jeweils zwei hochwertige Friseur- und Nagelscheren. Sie bezahlte mit dem Geld, das sie zuvor von Marlon in die Hand gedrückt bekommen hatte. Er war nicht mit in den Friseursalon gegangen, sondern hatte draußen gewartet und geraucht. Er wirkte am Ende ihres strapaziösen Ausfluges leicht genervt. Auf der Fahrt zurück zum Anwesen sagte er kein Wort, keiner sagte ein Wort.

Diana musste Nick anschließend nach oben tragen und brachte ihn gleich ins Bett. Marlon kam dreimal schnaufend die Treppe hochgestampft, um die Taschen nach oben zu bringen. Mit einem mürrischen „Gute Nacht", verabschiedete er sich.

Nachdem Diana zur Ruhe gekommen war, setzte sie sich aufs Sofa und stellte den Fernseher an. Es dauerte nicht lange, bis ihr die Augen zufielen.

Marlon warf achtlos seine Jacke in die Ecke und schnallte das Holster ab. Er aktivierte das Überwachungssystem, setzte seine Kopfhörer auf und ließ sich von Iron Maiden beschallen. Wutschnaubend stemmte er Gewichte. Er kam sich erniedrigt vor. Würdelos hatte er sich heute gefühlt. Wie ein gedemütigter Butler hatte er der feinen Dame von nebenan die Sachen hinterhergetragen, nur weil sein alter Herr es so wollte, weil der Junge für ihn ein außerordentlich wichtiger Patient sei. Nicht einmal ein Dankeschön hatte er zu hören bekommen, weder von dem Alten, noch von der Braut mit dem kleinen Schnösel. Marlon schaute gebannt auf die Monitore, derweilen er weiter Gewichte drückte. Er wartete auf seine Belohnung. Wieder wurde er enttäuscht, als er sah, wie Diana vor dem Fernseher einschlief. Zornig knallte er die Gewichtstange auf die Ablage und riss sich den

Kopfhörer von seinen Ohren. Er hatte keine Lust mehr auf Iron Maiden, die eiserne Jungfrau lag auf dem Sofa und schlief. Marlon holte eine Flasche Whiskey aus dem Kühlschrank, nahm seinen Revolver, und ging ins Schlafzimmer. Seine Belohnung würde er sich schon noch holen.

Diana wurde von einem Motorengeräusch geweckt. Noch leicht verschlafen schlug sie die Augen auf. Ihr Nacken schmerzte. Sie blickte zum Fenster und erschrak, als sie Nick am Fenster stehen sah. Er stand auf einem Stuhl und schaute interessiert nach draußen. Als er Diana wehleidig stöhnen hörte, drehte er sich zu ihr um.

„Mama kuck mal, ich will auch Trecker fahren!"

Diana setzte sich etwas unbeholfen vom Sofa auf und begab sich zum Fenster.

„Kuck da, ein Trecker", sagte Nick und zeigte mit dem Finger nach draußen.

Rudolf mähte mit einem gelben Aufsitzmäher den Rasen.

„Wollen wir uns schnell anziehen und nach draußen gehen?"

„Ja", jubelte Nick begeistert und hüpfte vom Stuhl.

Kurze Zeit später standen die beiden auf der Terrasse hinter dem Haus und sahen zu, wie Rudolf über das satte Grün fuhr. Als er Diana und Nick sah, winkte er ihnen zu und fuhr in deren Richtung.

„Guten Morgen, habe ich euch geweckt?", fragte er freundlich.

Ehe Diana antworten konnte, polterte Nick los.

„Ich will auch Trecker fahren! Darf ich Onkel?"

„Ich heiße Rudi. Klar darfst du eine Runde mitfahren, wenn du möchtest und deine Mami es erlaubt", sagte Rudolf und blickte Diana an, die daraufhin nickte. „Komm setz dich auf meinen Schoß, dann kann es losgehen."

Nick kletterte zu Rudi auf den Mäher, der ihn mit einer Hand festhielt, und mit der anderen lenkte. Dann gab er Gas und Nick quietschte vor Freude. Diana setzte sich auf einen Gartenstuhl und sah ihnen zu. Es machte ihr Freude Nick so fröhlich zu sehen. Rudi sah zwar nicht aus wie ein Gärtner, auch jetzt trug er eine schwarze Stoffhose und ein weißes Hemd, aber er schien doch recht nett zu sein. Diana erkannte besorgt, wie er Nick das Lenkrad überließ, und wie der Junge den Mäher in Schlangenlinien über den Rasen steuerte. Nick war überglücklich, dann traurig, als der komplette Rasen gestutzt war und Rudi ihn an der Terrasse absteigen ließ.

„Willst du nächste Woche wieder mitfahren?"

„Ja, ja, wieder Rasen mähen, dann alleine", sagte Nick begeistert.

„Das muss ich mir noch überlegen kleiner Mann. Jetzt fahr ich unseren Trecker erst mal in die Garage. Bis später."

Rudolf fuhr mit seinem gelben Gefährt um den Teich und verschwand dann hinter den Bäumen. Diana und Nick gingen wieder nach oben. Vor der Tür lag eine Tüte mit frischen Brötchen, die sie sich anschließend schmecken ließen. Nicks Milchzähne waren fast vollständig vorhanden und er konnte das weiche Brot gut beißen. Nach dem Frühstück las Diana aus einem Kinderbuch vor, das sie im Bücherregal gefunden hatte. Nick hörte gespannt zu. Die Geschichte handelte von einem Hasen, der sich im Wald verirrt hatte. Diana war mitten im zweiten Kapitel, als plötzlich ein Telefon klingelte. Sie ortete den Klingelton, denn ein Telefon hatte sie in der Wohnung noch nicht gesehen. Es befand sich auf einem Eckregal neben dem Wohnzimmerschrank. Sie nahm ab und hörte aufmerksam zu, dann legte sie wortlos wieder auf.

„Wer war das?", wollte Nick wissen.

„Das war Doktor Kreuzer, er möchte uns heute Nachmittag um drei Uhr sehen, damit er dich untersuchen kann", antwortete Diana.

„Tut er mir weh?"

„Nein, ganz bestimmt nicht mein Schatz", versprach Diana, in der Hoffnung, dass sie damit Recht behielt.

Diana las weiter aus dem Buch vor. Nick stellte zwischendurch einige Fragen und war froh, dass der Hase am Ende sein Zuhause wiedergefunden hatte. Diana war erstaunt darüber, wieviel der Junge von der Geschichte verstanden hatte und wie sich sein Wortschatz stündlich erweiterte. Sie hatte fast vergessen, dass Nick erst vier Tage alt war. Sie sah seine schnelle Entwicklung schon als normal an, obwohl sein bisheriges Leben ganz gewiss nicht in geregelten Bahnen verlaufen war.

Kreuzer wartete bereits auf Diana und Nick. Seine medizinischen Räumlichkeiten befanden sich im Untergeschoss. Er öffnete eine weiß lackierte Brandschutztür und sie folgten ihm über eine breite Treppe hinunter. Ein geräumiger Flur lag nun vor ihnen. Rechts befanden sich drei Türen, links vier. Der Boden war mit dunklem Linoleum ausgelegt und die Wände hell gestrichen. Mehrere Leuchtstoffröhren erhellten den ansonsten kalt wirkenden Flur. Kreuzer öffnete die mittlere Tür auf der rechten Seite und bat die beiden herein. Hier bot sich ihnen ein ähnliches Bild, nur dass das Zimmer komfortabler eingerichtet war und einige kontrastreiche moderne Gemälde an den Wänden hingen.

„Wie geht es dir Quick?", fragte Richard Kreuzer.

„Ich heiße Nick und mir geht es gut", antwortete Nick unverzüglich.

„Wenn ich sehe, wie schnell du wächst, finde ich Quick viel passender. Wie alt bist du jetzt mein Junge?"

Nick sah verlegen zu Diana.

„Nick ist vier Tage alt, um es genauer zu sagen, wird er um 18 Uhr vier Tage", erwiderte Diana anstelle von Nick.

„Danke für diese präzise Antwort Frau Rieschel, wenn ich es nicht besser wüsste, würde ich es nicht glauben. Wir sollten nun damit beginnen, diesem Phänomen auf den Grund zu gehen. Ziehen sie den Jungen bitte aus, ich möchte ihn erst einmal vermessen".

Diana half Nick aus seiner Kleidung. Kreuzer maß alles, was man an einem menschlichen Körper messen konnte. Nick hielt bereitwillig still und musste sich abschließend auf eine Waage stellen. Kreuzer notierte alle Messergebnisse in einer Tabelle. Als er alles zu seiner Zufriedenheit ausgefüllt hatte, bat er Nick, sich auf die Behandlungsliege zu setzen. Dort wurde er von Doktor Kreuzer abgehört, wobei er tief ein und ausatmen musste.

„Hört sich ganz normal an", versicherte Kreuzer und legte das Stethoskop beiseite, um kleine flache Probebehälter aus einem Schrank hervorzuholen. „Nun nehme ich noch ein paar Proben von dir und dann hast du es für heute auch schon geschafft Quick. Zunächst schneide ich dir ein Haar ab, bist du damit einverstanden?"

Nick nickte und Kreuzer schnitt ein kurzes Stück von einem Haar ab, was er dann in den Behälter legte. Als Nächstes trug er ein paar Hautschuppen ab und entnahm Schmalz aus Nicks Ohren. Des Weiteren sicherte er Proben von Nicks Speichel und Tränenflüssigkeit, die er aus seinem unteren Augenlid abstreifte. Alle Proben kamen in die Probebehälter, welche Kreuzer daraufhin verschloss und beschriftete.

„Nun brauch ich nur noch eine Blutprobe. Das pikst zwar ein bisschen, tut aber nicht wirklich weh. Bist du bereit mein tapferer Junge?"

Abermals stimmte Nick mit einem Kopfnicken zu. Kreuzer fuhr mit der Nadel besonders sorgsam in Nicks Vene ein, der nur einmal kurz zuckte, dann zog er die

Spritze mit der roten Flüssigkeit auf, bis sie zu dreiviertel gefüllt war. Abschließend tupfte er die Einstichstelle mit einem Wattepad ab und klebte ein kleines Pflaster drauf.

„So geschafft junger Mann, das hast du toll gemacht", sagte Kreuzer und wandte sich an Diana. „Kommen sie bitte morgen um die gleiche Zeit wieder zu mir. Dann werde ich Quick aber nur nochmal vermessen. Ich möchte sie darum bitten, dass sie morgen eine Urin- und Stuhlprobe von dem Jungen mitbringen. Ich benötige jeweils nur eine geringe Menge, die sie in diesen Bechern abfüllen können."

Kreuzer reichte Diana zwei Plastikbecher und ging dann mit ihnen nach oben.

Die beiden Proben zu entnehmen, stellte kein Problem dar. Nick erledigte sein Geschäft mittlerweile auf der Toilette. Am nächsten Tag übergab sie Kreuzer die beiden Becher, die er dankend entgegennahm. Er vermaß Nick erneut und trug die Ergebnisse wieder in die Tabelle ein, sodass er den direkten Vergleich vor Augen hatte.

„Haben sie denn schon erste Erkenntnisse gewinnen können? Wissen sie schon, woher die Ursache rühren könnte, wodurch Nick sich so schnell entwickelt?", wollte Diana von Richard Kreuzer wissen.

„Ich wage mal zu behaupten, dass Quick kerngesund ist. Sein Blutbild ist weitestgehend normal, soweit ich das nach einer kurzen Analyse beurteilen kann. Am Wochenende werde ich im Labor weitere

Untersuchungen vornehmen. Auch wenn die Vermutung naheliegt, denke ich, dass wir Progerie ausschließen können. Der Junge altert nicht nur schnell, er entwickelt sich auch dementsprechend. Sein Wachstum ist im Einklang mit seinen geistigen Fähigkeiten. Wir haben hier ein Kind vor uns, dessen Größe und Verhalten, dem eines fünfjährigen Jungen entsprechen, was wiederum bedeutet, dass Quick am Tag um ein Jahr altert. Ob sich dieser Prozess stoppen oder verlangsamen lässt, kann ich zu diesem frühen Zeitpunkt noch nicht sagen, dazu benötige ich mehrere Untersuchungsergebnisse. Ich muss seine DNA, seine Zellenstrukturen und vieles mehr erforschen. Ich kann ihnen versichern, dass mir an einer schnellen Lösung genauso viel liegt wie ihnen. Deshalb sollten sie und Quick Ruhe bewahren, auch wenn die Zeit uns vorauseilt. Genießen sie das Wochenende, ich werde derweilen im Labor arbeiten. Sie können sich in der Wohnung und auf dem Grundstück frei bewegen. Wir sehen uns dann am Montag wieder", beschloss Kreuzer seine Erläuterung.

Annäherungen

Bis auf eine kurze schlaflose Nacht, verbrachte Richard Kreuzer das Wochenende im Labor. Seine müden Augen suchten durch ein hochsensibilisiertes Mikroskop nach Abweichungen in Nicks Genetik. Jede einzelne Probe, die er dem Jungen entnommen hatte, untersuchte und analysierte er bis auf das kleinste Detail. Er erstellte Diagramme der Zellenstruktur und trug die Werte in vorgedruckte Tabellen ein. Schon zu diesem frühen Zeitpunkt seiner Forschungsarbeit konnte er ungewöhnliche Zusammensetzungen der Chromosomen erkennen. Er brauchte weitere Proben, um die Veränderungen nachvollziehen zu können, und vor allem benötigte er das, was er am wenigsten hatte, Zeit. Der Junge eilte ihm mit der Zeit voraus und er konnte ihn nicht stoppen – noch nicht.

Während der alte Kreuzer sich wie besessen den Kopf über Nicks DNA zermarterte, beobachtete Marlon Diana, hoffte auf eine heiße Show, und grübelte darüber nach, wie er sie am besten in sein Bett bekommen könnte.

**

Am Samstag las Diana Nick erneut aus einem Buch vor, doch es langweilte ihm auf die Dauer, er wollte selber lesen können. Diana legte das Buch auf den Tisch und führte ihren Finger unter dem Text, den sie gerade las, sodass Nick die gelesenen Worte mitverfolgen konnte. Er hörte, sah und lernte. Diana überlegte, wie sie ihm die Buchstaben im Einzelnen näher bringen konnte, und durchsuchte den Stubenschrank. In einer Schublade fand sie Spiele, unter anderem ein Memory Spiel, das auf Buchstaben basierte. Sie sortierte die Karten dem Alphabet nach und legte sie auf den Tisch ab. Die Spielkarten waren jeweils mit einem großen und kleinen Buchstaben bedruckt und zweimal vorhanden. Immer wieder ging sie mit Nick das ausgelegte Spiel durch, sagte den Buchstaben vor, und Nick wiederholte. Dann begann sie Wörter auszulegen, las sie vor und Nick sprach ihr nach. So beschäftigten sich die beiden stundenlang, bis Nick selber sinnvolle Worte bilden konnte. Abschließend spielten sie das Memory Spiel im herkömmlichen Sinne. Nick begann, die verdeckten Karten umzudrehen. Diana durfte nur erstaunt dabei zusehen, wie er das Spiel fehlerfrei in einem Durchgang löste.

Sonntag konnte Nick kürzere Texte eigenständig lesen, zunächst stockend, aber mit jedem Mal wurde seine Sprache flüssiger. Nachmittags gab Diana ihm Papier und ein Bleistift, schrieb einen Satz auf, den Nick dann ebenfalls fehlerfrei zu Papier brachte. Auch hier war seine Schrift anfänglich kaum leserlich, aber er übte unverdrossen weiter. Angestrengt konzentrierte er sich auf seine Hand, die den Bleistift über das Blatt Papier führte. Unbewusst drückte Nick dabei mit seiner Zunge gegen den Gaumen, bis plötzlich ein Zahn aufs Papier fiel und feinste Blutspritzer auf dem Weiß des Blattes hinterließ.

„Mama, kuck mal", sagte er leicht verstört und deutete mit dem Stift auf den herausgefallenen Zahn.

„Du hast gerade deinen ersten Milchzahn verloren Nick, das ist normal. Deine Milchzähne werden durch bleibende Zähne ersetzt, mach dir keine Sorgen."

Ich bin es, die sich Sorgen macht. Was ist, wenn Nick seine schier ausweglose Situation begreift? Dass mit ihm etwas nicht stimmt, hat er auf seine noch kindliche Art schon bemerkt, aber wie wird er reagieren, wenn er erkennt, dass sein Leben nur von kurzer Dauer sein wird. Ich werde ihm Mut zusprechen müssen und gemeinsam mit ihm nach einem Ausweg suchen. Nick war zweifellos ein kluges Kind, dieses hatte er in den letzten Stunden wieder ausdrücklich bewiesen. Er wird sich nie aufgeben…

„Ich habe keine Lust mehr Mama, ich möchte nach draußen zu Rudi!", sagte er und weckte Diana aus ihren Gedanken. „Es ist so schönes Wetter und Rudi ist am Teich. Ich glaube, er füttert die Fische."

Erst jetzt bemerkte Diana, dass der Junge am Fenster stand und hinaussah.

„Du hast Recht, die Sonne scheint und wir hocken hier den ganzen Tag in der Bude. Zieh deine Schuhe an und dann nichts wie raus!"

Nick rannte gleich zu Rudolf, der einen kleinen Eimer mit Fischfutter in der Hand hielt. Er hatte die Ärmel seines obligatorischen weißen Hemdes bis über den Ellenbogen aufgekrempelt und Nick starrte gebannt auf Rudis bunte Unterarme.

„Was hast du mit deinen Armen gemacht Rudi?", fragte er neugierig.

„Das sind Tätowierungen mein Junge. Da ich nicht braun werde, habe ich gedacht, mache ich meine Arme doch einfach bunt."

„Geht das wieder ab?"

„Nein, Tattoos sind für die Ewigkeit!"

„Aha. Darf ich auch Fische füttern?", lenkte Nick vom Thema ab.

„Sicher, hier nimm den Eimer und werfe einfach eine Handvoll Futter ins Wasser!"

Nick nahm eine kleine Menge von den Pellets und warf sie ins Wasser. Gleich tauchten einige große buntgefärbte Fische an der Oberfläche auf und schnappten mit ihren geöffneten Mäulern gierig nach dem Futter. Nick war seine Freude anzusehen.

„Was sind das für Fische Rudi?"

„Das sind Kois."

Nick warf weiteres Futter in das dunkle trübe Wasser und die Futterstelle wurde schnell von der Farbenpracht der Kois beherrscht, die sich geschwind um die Pellets tummelten.

„Warum kommt der schwarze Fisch dahinten nicht zum Essen?", wollte Nick wissen und zeigte auf die andere Seite des Teiches.

„Wo siehst du einen schwarzen Fisch mein Junge?"

„Da, unter dem grünen Blatt. Komm Rudi, ich zeig ihn dir!"

Nick nahm Rudi an die Hand und ging mit ihm um den Teich herum auf die andere Seite.

„Siehst du ihn jetzt Rudi?"

„Tatsächlich, du hast aber gute Augen mein Junge. Das ist ein äußerst seltener Koi, schwarz mit einem weißen Fleck kurz vor der Schwanzflosse. Wir hatten schon vermutet, dass er von einem Fischreiher aus dem Wasser geholt worden war. Mit deiner Hilfe wissen wir nun, dass er noch putzmunter hier herumschwimmt, darüber wird sich der Doktor sehr freuen."

Diana beobachtete die beiden aus der Ferne und es blieb ihr nicht verborgen, wie glücklich Nick in Rudolfs Nähe war. Da der Mann nach wie vor abstoßend auf sie wirkte, konnte sie Nicks Glück nicht wirklich teilen.

Am Abend gingen sie früh zu Bett. Bevor Diana sich schlafen legte, duschte sie noch und Marlon bekam seine heißersehnte Show.

***

Sie rannte um ihr Leben. Hoch über ihr schwang der schwarze bedrohliche Vogel seine gewaltigen Flügel. Sie konnte den Luftzug förmlich spüren, den seine Flügelschläge auslösten. Sie geriet ins Stolpern und schlug sich die Knie blutig, als sie auf den rauen Asphalt fiel. Diana rappelte sich mit letzter Anstrengung auf und blickte nach oben. Der mächtige Vogel setzte zum Sturzflug an. Die schrillen Laute, die er dabei verursachte, bohrten sich schmerzvoll in ihre Ohren. Wieder sah sie hinauf, sah das dunkle Wesen mit ausgestreckten Greifern in Windeseile auf sich zukommen. Ein Entkommen schien unmöglich und Diana ergab sich ihrem Schicksal. Die scharfen Krallen bohrten sich schmerzvoll tief in ihre Schultern, dann wurde sie emporgerissen. Sie verlor den Boden unter ihren Füßen und wurde in schwindelerregende Höhen gezogen. Kalter Wind durchfuhr ihr Haar und eisige Kälte schlich sich in ihren zitternden Körper. Sie hörte ein teuflisches Gelächter, als der Vogel seine Greifer öffnete, und Diana in die unendliche Tiefe rauschte. Sie schrie.

Diana schrie noch immer, als sie schweißgebadet aufwachte. Vor Schreck richtete sie sich abrupt in ihrem Bett auf und sah sich um. Es war bereits hell und die Sonne durchflutete das Schlafzimmer. Diana versuchte den Traum abzuschütteln, als sie erneut erschauderte. Nicks Bett war leer. Sie erkannte Blutflecken auf seinen hellen Kopfkissen. Auf dem Nachtschränkchen lagen einige Zähne. Hastig stand Diana auf und eilte von einem Zimmer in das andere. Keine Spur von Nick. Sie zog sich eine Jogginghose über, stürmte durch den Turm nach unten, riss die Tür zum Empfangsportal auf, und rief nach Nick. Eine der Türen öffnete sich und Richard Kreuzer trat heraus. Er wirkte unausgeschlafen und trug einen Morgenmantel, den er hastig zuknotete.

„Was ist denn los, wer hat ihnen erlaubt diesen Teil des Hauses zu betreten?", schimpfte der Wissenschaftler sichtlich gereizt.

„Ich suche Nick, er ist einfach verschwunden. Haben sie ihn nicht gesehen?"

„Nein, habe ich nicht. Ich habe eine lange arbeitsreiche Nacht hinter mir und wurde von ihrem hysterischen Gebrüll geweckt. Der Junge kann nicht weit sein, sehen sie sich zunächst mal draußen um!"

Diana machte auf dem Absatz kehrt und lief nach draußen. Wieder und wieder rief sie Nicks Namen. Als sie sich den Garagen näherte, vernahm sie von innen Stimmen. Diana suchte nach einer Tür, da die Tore verschlossen waren. Sie fand eine Seitentür, die sich öffnen ließ. Drinnen erkannte sie gleich Nicks Lachen. Er rollte ein Rad zu Rudi und amüsierte sich köstlich. Als er Diana sah, sagte er: „Hallo Mama, Rudi und ich machen einen Reifenwechsel."

Er grinste sie mit einem fast zahnlosen Lächeln an.

„Tut mir leid Frau Rieschel, ich wollte ihnen noch Bescheid sagen, aber der Junge ist nicht zu bremsen, sodass ich noch nicht so weit gekommen bin"; meinte Rudolf entschuldigend, der nun einen langen blauen Kittel über dem weißen Hemd trug. „Lassen sie uns noch ein bisschen werkeln, sobald wir fertig sind, bringe ich den Jungen nach oben."

Diana erklärte sich damit einverstanden und ging einigermaßen erleichtert zurück in die Wohnung.

Bei der nächsten Untersuchung am Nachmittag war auch Rudolf anwesend, worüber Nick sich sehr freute. Stolz zeigte er Rudi einen Zahn, den er anschließend Kreuzer überreichte. Einige Zahnlücken hatten sich bereits mit neuen Zähnen geschlossen, was Nicks Aussehen leicht verändert hatte.

Diesmal vermaß Rudi den Körperbau des Jungen und Doktor Kreuzer notierte die Werte. Die Proben wurden wieder von Kreuzer genommen und sorgfältig in Behältern verschlossen. Dann wechselten sie den Raum durch eine Verbindungstür. Das anliegende Zimmer war etwas kleiner und mit mehreren elektronischen Geräten bestückt.

„Rudolf macht jetzt ein EEG mit dir, es ist nichts Schlimmes und tut auch nicht weh. Wir messen nur deine Gehirnströme, um festzustellen, ob in deinem Kopf alles in Ordnung ist. Wir lassen das EEG etwa eine Stunde lang laufen. In dieser Zeit wird Rudi dir ein paar Fragen stellen, wie bei einem Quiz. Zwischendurch erzählt er dir bestimmt auch mal einen Witz, der Rudi kennt viele gute Witze", erklärte Kreuzer Nick den Verlauf der bevorstehenden Prozedur.

„Dann wollen wir mal", sagte Rudi, nachdem Kreuzer den Raum verlassen hatte.

Er setzte Nick eine Haube auf, die aussah wie eine Badekappe an der viele dünne Kabel hingen. Die Kabel führten zu einem Gerät, welches wiederum mit einem Computer verbunden war. Als die Kappe fest auf Nicks Kopf saß, brachte Rudi noch zwei separate Kabel mit kleinen Saugnäpfen auf Nicks Schläfen an. Er kontrollierte alles noch einmal genauestens, bevor er das Gerät anschaltete. Der Bildschirm des Computers zeigte sofort viele Linien in den unterschiedlichsten Farben. Fasziniert sah Diana, wie sich der Verlauf der Linien veränderte. Als Rudolf damit begann, Nick Fragen zu stellen, schlugen einige, zuvor parallel verlaufende

Striche, kräftig aus. Nick konnte fast alle Fragen richtig beantworten, selbst die, bei denen Diana lange überlegen musste. Auch Rudi war über die Intelligenz des Jungen erstaunt. Über die Witze, die Kreuzers Assistent in lockerer Folge einstreute, lachte Nick herzhaft. Auch Diana konnte sich mitunter ein Schmunzeln nicht verkneifen. Kreuzers Assistent kannte wirklich gute Witze. Nach einer Stunde waren sie fertig und Rudolf begleitete die beiden nach oben. Kreuzer sahen sie nicht mehr, der saß bereits wieder in seinem Labor und wertete die Proben aus.

***

Kurz, nachdem Nick eingeschlafen war, klopfte es an der Tür. Aber nicht an der Wohnungstür, sondern an der metallenen Brandschutztür, die sich in dem kleinen Flur zum Bad befand. Diana drückte den Griff nach unten, doch die Tür war abgeschlossen.

„Wer ist da?"

„Marlon, darf ich aufmachen, um sie etwas zu fragen?", seine Stimme klang von der anderen Seite gedämpft.

„Ja."

Diana hörte es klacken, als sich der Zylinder im Schloss drehte. Dann öffnete sich die schwere Tür und Marlon stand leicht verschwitzt vor ihr. Er trug ein hautenges Sportdress, welches seinen muskulösen Körper betonte.

„Ich bin gerade am Trainieren und würde sie gerne zu einer Fitnessrunde einladen, natürlich nur wenn sie

Lust dazu haben. Ich denke ein wenig Ablenkung und Bewegung täte ihnen ganz gut. Werfen sie mal einen Blick in meinen kleinen Sportpalast, dann wissen sie, wovon ich rede."

Diana machte einen Schritt nach vorne und sah die vielen Geräte, die sich in dem Raum befanden.

„Lust hätte ich schon, aber ich kann Nick nicht alleine lassen", meinte Diana ablehnend.

Marlon hielt zwei kleine Geräte hoch.

„Sender und Empfänger, sie können jeden Ton hören, den der Kleine von sich gibt, wenn sie den Sender in sein Zimmer legen, dafür halte ich meine Hand ins Feuer", versicherte Marlon.

„Gut, überredet. Ich ziehe mich nur schnell um, dann komme ich rüber:"

Sie stellte den Sender in das Zimmer von Nick, der fest zu schlafen schien.

Enttäuscht musste Marlon feststellen, dass sich Diana weitgeschnittene Sportkleidung angezogen hatte. Ihre schulterlangen dunklen Haare hatte sie zu einem Zopf zusammengebunden. Dennoch strahlte sie auf ihn eine unausweichliche Erotik aus. Marlon erklärte ihr die Geräte im Einzelnen. Diana wählte das einfache Laufband. Marlon zeigte ihr, wie man die Laufgeschwindigkeit einstellen konnte, und begab sich zur Hantelbank, die sich schräg gegenüber von dem Trimmgerät befand. Aus seiner Position konnte er die hübsche Frau gut beobachten.

Diana stellte den Laufsimulator auf eine langsame Geschwindigkeitsstufe und trabte langsam an. Es war ein angenehmes Gefühl bei dem gemächlichen Tempo zu laufen. Aus ihrer Sicht blickte sie auf eine lange Wand, die mit einem beigefarbenen Vorhang verhangen war. Davor stand ein breiter Schreibtisch mit einem Stuhl aus Leder. Die linke Seite des Tisches war mit einer schwarzen Kunststoffklappe verdeckt. Diana kümmerte sich nicht weiter um die Umgebung, sondern konzentrierte sich auf ihren Lauf. Bereits nach wenigen Minuten kam sie ins Schwitzen.

Früher hatte sie viel Sport betrieben, war sogar mal Jugendlandesmeisterin im Degenfechten gewesen. Nach ihrem Einstieg ins Berufsleben, musste sie ihre sportlichen Aktivitäten auf ein Minimum reduzieren, und als sie ihren Mann kennenlernt hatte, versiegte ihr Ehrgeiz vollends, obwohl sie den Fechtsport sehr geliebt hatte. Eine kurze Zeit lang verfolgte sie die Wettkämpfe noch als passive Zuschauerin. Ansonsten hatte sie dem Sport den Rücken gekehrt, nur einige Joggingläufe bildeten hin und wieder die Ausnahme. Dementsprechend haperte es an der Kondition, aber ihr sportlicher Ehrgeiz wurde wieder geweckt. Sie wollte sich vor dem Kraftpaket, der sie von der Hantelbank beobachtete, nicht blamieren. Diana hielt das Band kurz an und zog ihr Shirt aus. Darunter trug sie ein schwarzes Bustier. Sie setzte das Band wieder in Bewegung und stellte die Geschwindigkeit auf ein höheres Level. Marlons lüsterne Blicke blieben ihr nicht verborgen.

Marlon konnte eine Erektion nicht unterdrücken. Als Diana das Shirt ausgezogen hatte und nur im Bustier auf dem Band lief, wobei ihre Brüste im Rhythmus des

Laufes auf und ab wippten, beulte sich seine enge Hose aus. Er verließ die Hantelbank und ging zum Multifunktionsgerät, welches hinter dem Laufband stand. Hier, hinter Dianas Rücken, konnte man die unterschiedlichsten Gewichtsübungen durchführen. Marlon konzentriert sich nur auf die erste Übung, um seine Erregung zu verdrängen.

Eine halbe Stunde später stellte Diana das Laufgerät aus.

„Ich glaube, es reicht für heute", wandte sie sich an Marlon, „vielen Dank für die Einladung. Die Ablenkung hat mir wirklich gut getan."

„Wir könnten öfters zusammen trainieren, wenn sie möchten. Ich bin fast jeden Abend hier. Ich klopfe einfach an ihre Tür, wenn sie einverstanden sind", meinte Marlon hoffnungsvoll.

„Ich werde es mir dann überlegen, wenn es soweit ist", sagte Diana noch schwer atmend, „gute Nacht."

Ohne sich umzudrehen, ging Diana durch die Stahltür in die Wohnung zurück.

Marlon grinste ihr verlogen hinterher und insgeheim freute er sich auf die Dusche. Er brach das Training ab, dann zog er den beigen Vorhang auf.

Zeit vergeht 1

Zeit vergeht, sie lässt sich nicht aufhalten oder zurückversetzen, sie schreitet immer weiter voran.

Für Falcao war die Zeit in der Wildnis abgelaufen. Seine Existenz hing am seidenen Faden, wenn er nicht Herr seiner selbst blieb. Die Tage unter primitivsten Bedingungen hatten ihm gut getan. Selbst aus dem blutigen Zwischenfall konnte er positive Schlüsse ziehen. Seine vermeidliche Überheblichkeit war gewichen, er wurde wachsamer denn je. Die Last auf seinen Schultern wog schwer, doch er fühlte sich bereit, den Weg weiterzugehen, der für ihn vorbestimmt war. Selbstbewusst und gestärkt kehrte er zurück.

***

Auch für Diana und Nick verging die folgende Zeit wie im Fluge. Nick verbrachte viel Zeit mit Rudolf, was Diana mittlerweile tolerierte. Die beiden verstanden sich ausgezeichnet und Nick blühte in seiner Nähe förmlich auf. Er schraubte mit Rudi an den zahlreichen Fahrzeugen, die, die Kreuzers besaßen. Mittags kam er völlig verschmiert in die Wohnung zurück und musste seine schwarzen ölverschmierten Hände mit einer Waschpaste schrubben. Mitte der Woche mähte Nick unter Aufsicht von Rudi den Rasen alleine. Sicher steuerte er das gelbe Gefährt über die gepflegte Grünfläche. Jeden Tag fütterten sie gemeinsam die Fische. Nick kannte jetzt viele gute Witze und erzählte sie am Abend Diana. Es freute ihm, seine Mutter lachen zu sehen.

Jeden Nachmittag musste er runter zu Doktor Kreuzer, der immer wieder neue Proben von ihm nahm und seinen Körper vermaß. Hin und wieder wurde er von Rudi mit diversen Geräten verkabelt. All das machte ihm nichts aus, er nahm es mit stoischer Ruhe hin. Den Zweck, dem all diese Untersuchungen dienten, verstand er noch nicht. Er wusste wohl, dass etwas mit seinem Wachstum nicht stimmte. Nick lernte lieber, als dass er sich mit solch komplizierten Dingen beschäftigte. Diana brachte ihm vieles bei. Lesen konnte er fast schon perfekt, selbst einfache Rechenaufgaben löste er ohne größere Probleme. Er war ein aufgeweckter Junge und das machte Diana stolz.

Im Nachhinein begrüßte Diana es sogar, dass der Junge isoliert auf dem Anwesen der Kreuzers aufwuchs. So hatte er keinen Kontakt zu anderen Kindern, um Vergleiche ziehen zu können. Für ihn schien sein Entwicklungsprozess normal zu sein. Er wusste nicht, dass andere Kinder im Alter von zehn Tagen, weder lesen noch schreiben oder rechnen konnten. Hätte er es gewusst, würde er sich jetzt sicherlich mehr Gedanken machen.

Nicks Aussehen veränderte sich täglich. Die neuen Zähne, die er regelmäßig bekam, verliehen seinem Gesicht immer neue Facetten. Er wurde jeden Tag erwachsener. Nick trug seine dunklen Haare lang und band sie zu einem Zopf zusammen. Er schnitt sie, wie auch seine Nägel, mittlerweile selber.

Marlon musste im Auftrag von Diana neue Kleidung besorgen. Ihre Abwesenheit wurde vom alten Kreuzer nicht geduldet. Sie durften das Anwesen nicht mehr ohne seine Zustimmung verlassen. Diana hatte sich angewöhnt, jeden zweiten Tag mit Marlon zu trainieren, um sich einigermaßen fit zu halten. Dass sie sich dabei seinen gierigen Blicken nicht entziehen konnte, war ihr durchaus bewusst. Sie kleidete sich an diesen Abenden möglichst leger, in der Hoffnung, dass ihn ihr Anblick auf Dauer langweilen würde.

***

Marlon langweilte sich an ihrem Anblick keineswegs, im Gegenteil, seine Lust auf die attraktive Frau stieg jeden Abend ins Unermessliche. Bislang hatte er es bei netten kurzweiligen Gesprächen belassen, doch er hatte sich fest vorgenommen, dieses in den nächsten Tagen zu ändern. Er beschloss in die Offensive zu gehen, um sein Verlangen zu stillen.

***

Richard Kreuzer lief die Zeit davon. Er hatte schon viele Erkenntnisse sammeln können. Die Zellenstruktur des Jungen wich von der normalen Genetik eines Menschen deutlich ab. Aufgrund der täglichen Proben, die er akribisch untersuchte, konnte er die Veränderungen auch nachvollziehen, doch das half ihm definitiv nicht weiter. Die eigentliche Problematik, den schnellen Alterungsprozess zu stoppen, vernachlässigte er gänzlich. Er suchte nach dem Umkehrschluss, er wollte die DNA so manipulieren, dass sie Gegenteiliges bewirkte. Einige Experimente, die er bislang im Labor vorgenommen hatte, verliefen ergebnislos im Sande. Er hoffte auf das Sperma des Wunderknaben. Sein Ziel war es, eine Möglichkeit zu finden, die den Menschen langsamer altern lassen sollte. Dazu war dem dubiosen Wissenschaftler jedes Mittel recht.

***

Das Wochenende war regnerisch. Diana und Nick verbrachten die meiste Zeit in der Wohnung. Sie sah viel fern und langweilte sich. Er vertiefte sich in einem Fantasy Buch, welches er im Bücherregal gefunden hatte. Diana sah den Jungen an, ihm wuchs bereits ein zarter Bartflaum. Nick war innerhalb von vierzehn Tagen zu einem Teenager herangewachsen. Morgen oder übermorgen würde er sich rasieren müssen. Er wird ein Sexualempfinden entwickeln und es ausleben wollen. Bald würde er sicherlich auch unangenehme Fragen stellen, die seinen Alterungsprozess anbelangten. Wie lange konnte sie ihm die Mutterrolle noch vorgaukeln? Diana schüttelte ihre Gedanken ab und widmete sich wieder dem Fernsehprogramm.

Nick legte das Buch beiseite und ging ins Bad. Als er wieder zurück ins Wohnzimmer kam, sagte er leise zu Diana: „Ich glaube wir werden beobachtet!"

Besuche

Falcao ahnte von dem schnellen Wachstum seines Sohnes, wusste aber nicht, inwieweit dieser bereits vorangeschritten war. Am Wochenende fuhr er mehrmals mit dem Motorrad zum Krankenhaus. Er hielt sich immer wieder in der Grünanlage auf und wartete auf die dunkelhaarige Frau, die er seinerzeit mit dem Kinderwagen gesehen hatte. Jedes Mal wurde er enttäuscht. Er bekam die Frau, in deren Obhut er den Jungen vermutete, nicht zu Gesicht. Frustriert brach er seine Observation ab und beschloss das Klinikum am Montag zu betreten. Er würde den Chefarzt aufsuchen müssen, um Näheres über den Verbleib des Kindes zu erfahren.

***

Diana war schockiert über das, was Nick entdeckt hatte. Nachdem er aus dem Bad zurückgekehrt war, ging er mit ihr nach draußen, um ungestört von seiner Entdeckung zu berichten. Er hegte den Verdacht, dass die Wohnung wohlmöglich auch abgehört wurde. Nick hatte eine kleine Kamera hinter dem Gitter der Badbelüftung entdeckt. Der Lichtschein der Beleuchtung hatte sich auf der Linse gespiegelt, nur ein winziger Punkt, aber er hatte ihn mit seinen guten Augen bemerkt. Der Verdacht, dass noch mehr Kameras versteckt waren, lag nahe. Nick inspizierte unauffällig alle Räume und machte drei weitere Kameras ausfindig. Zwei im Wohnzimmer und eine in Dianas

Schlafzimmer. In seinem Zimmer, welches er vor zwei Tagen bezogen hatte, fand er keine, er würde aber nochmal genau nachsehen müssen. Er hatte eine von diesen kleinen Dingern in Rudis Werkstadt gesehen, von daher wusste er, wozu diese Geräte benutzt wurden. Unvorsichtigerweise hatte Rudi es ihm erklärt, ohne weiter darüber nachzudenken, da Nick ja noch ein Kind war. Er hatte auch nur gezeigt, wie man mit diesen Miniaturkameras filmen konnte, nicht wo sie eingesetzt wurden.

Jetzt keimte auch in Diana eine Vermutung auf. Am morgigen Abend wollte sie Marlon zur Rede stellen.

***

Ein unbehagliches Gefühl überkam ihm, als er das Krankenhaus betrat. Zuvor hatte Falcao sich bei seinem Arbeitgeber auf unbestimmte Zeit freistellen lassen. Er gab private Gründe an, die er in Südafrika zu erledigen hatte. Die Betriebsleitung stimmte seinem Anliegen missmutig zu, da sie so einen guten Mann nur ungerne verlieren wollten.

Falcao erkundigte sich an der Information nach dem Büro des Chefarztes. Die nette Frau wies ihm den Weg und er bedankte sich freundlich für die Auskunft. Drei Minuten später stand er vor Doktor Sobichs Bürotür und klopfte an.

„Was kann ich für sie tun?", fragte die Sekretärin, nachdem sie ihn hereingebeten hatte.

„Ich möchte mit Doktor Sobich sprechen."

„Haben sie einen Termin Herr…?"

„Chamber, Ben Chamber, nein, ich habe keinen Termin, aber es ist äußerst wichtig", machte Falcao der Dame deutlich klar. Er hatte nicht vor seinen richtigen Namen preiszugeben.

Die Frau stand auf und öffnete eine Durchgangstür. Sie sprach einige Worte durch den geöffneten Türspalt und bat Falcao anschließend hinein.

Sobich saß an seinem Schreibtisch und sah Falcao fragend an.

„Wie kann ich ihnen behilflich sein junger Mann?"

„Mein Name ist Ben Chamber, ich bin der Lebensgefährte von Janine Huber und möchte meinen Sohn sehen!", erklärte Falcao unmissverständlich. Er bemerkte, wie Sobich angespannt schlucken musste, so als säße ihm ein dicker Kloß im Hals.

Er räusperte sich: „Ich weiß nicht, worauf sie hinaus möchten."

„Janine Huber hat in diesem Krankenhaus ein Kind zur Welt gebracht und ist dabei verstorben, das sollte ihnen als medizinischer Leiter dieses Hauses bekannt sein", meinte Falcao und blickte den verunsicherten Arzt scharf fordernd in die Augen.

„Ja, jetzt erinnere ich mich. Frau Huber wurde mit unerklärlichen inneren Blutungen in die Notaufnahme gebracht. Der behandelnde Arzt konnte trotz aller Bemühungen nichts mehr für sie tun, aber ein Kind hat sie nicht geboren, davon wüsste ich. Es tut mir leid."

Falcao beobachtete den Mann genau, sah, wie ihm kalter Schweiß auf die Stirn trat, er roch die Angst, die der Schweiß nach außen transportierte.

„Da sind sie sich völlig sicher Herr Doktor?", hakte Falcao noch einmal nach.

„Ich würde ihnen gerne etwas anderes berichten können, aber ein Kind ist bei diesem traurigen Vorfall nicht geboren worden", versicherte Lars Sobich nochmals. „Wie kommen sie überhaupt…", wollte Sobich wissen, doch der dunkelhäutige Mann machte ohne ein weiteres Wort kehrt und verließ das Büro.

Zuhause suchte Falcao im Internet nach Sobichs Privatadresse.

***

Richard Kreuzer war außerordentlich missmutig gelaunt, als er am Montagnachmittag mit Diana und Nick nach unten in die Praxis ging. Auch Dianas Gemütslage konnte man nicht unbedingt als fröhlich bezeichnen. Sie beschäftigte sich in Gedanken immer noch mit Nicks Entdeckung. Es behagte ihr gar nicht, dass sie überwacht wurden. Am liebsten hätte sie ihrem Unmut gleich vor dem alten Kreuzer Luft gemacht, doch sie riss sich zusammen, als sie bemerkte, wie unausgeglichen der Mann im weißen Kittel heute wirkte. Sie würde am Abend mit Marlon sprechen müssen und überlegte, wie sie es am besten angehen konnte.

Kreuzers Untersuchung verlief an diesem Tage ziemlich oberflächlich. Er maß nur die Größe des Jungen und vermerkte Nicks Gewicht im Protokoll. Proben nahm er dieses Mal nicht. Langsam zweifelte Diana an seinen Methoden. Sie wusste absolut nicht, inwieweit seine Untersuchungsergebnisse vorangeschritten waren. Ob, und in wie weit er brauchbare Hinweise für eine erfolgversprechende Behandlungsmethode gewonnen hatte, entzog sich ihrer Kenntnis. Auch in dieser Hinsicht war ein klärendes Gespräch längst überfällig.

Aber nicht heute.

„Hatte Quick schon eine Ejakulation?", fragte Kreuzer plötzlich in einer schroffen Art und Weise, die Diana erschrocken aufschauen ließ. „Ich benötige den Samen des Jungen, und zwar so schnell wie irgend möglich!"

„Nein, mir ist nicht bewusst, dass Nick schon einen nächtlichen Samenerguss hatte", meinte Diana gereizt, und sah Nick dabei an, der betreten auf den Boden blickte.

„Je schneller ich solch eine Spermaprobe bekomme, desto besser, nötigenfalls müssten sie ein wenig nachhelfen. Marlon kann bestimmt mit hilfreicher Literatur aushelfen, fragen sie ihn einfach. Ansonsten wär`s das für heute Frau Rieschel."

In der Wohnung angekommen, schwiegen sich Diana und Nick lange Zeit an. Beide schienen in Gedanken versunken. Die derzeitige Situation war nicht mehr zufriedenstellend, sie standen vor einem Wendepunkt, nur wussten sie davon nichts.

***

Sobichs Adresse herauszufinden stellte sich als kein großes Problem dar. Falcao fuhr mit einem Linienbus zu der abgelegenen Wohnsiedlung, die sich am Stadtrand befand. Er stieg zwei Haltestellen vorher aus und bewältigte den Rest des Weges zu Fuß. Er fand sich in einem Villenviertel wieder, wo gut betuchte Leute ihre pompösen Häuser gebaut oder gekauft hatten. Falcao würdigte den vor Reichtum strotzenden Gebäuden keines Blickes. Er konzentrierte sich auf die Straßennamen. Als er die gesuchte Straße gefunden hatte, suchte er nach Hausnummern, die meist auf goldenen Schildern eingestanzt waren, die wiederum an aufwendigen Hofbegrenzungen angebracht waren. Sobichs Haus befand sich als Letztes auf der rechten Seite. Die Einfahrt war mit einem geschmiedeten Tor verschlossen. Links führte ein Fußweg am Grundstück entlang. Falcao entdeckte am Ende, des mit Efeu bewachsenen Metallzaunes, eine Tür aus Holz. Sie war verschlossen, jedoch verschaffte sich Falcao mit einem kräftigen Tritt Zugang. Er zog die Tür mit dem nun zerbrochenen Riegel hinter sich zu. Er betrachtete den weißen Putz Bau zunächst von weitem, dann näherte er sich und sah durch einige der Fenster hinein. Es schien sich niemand in dem Gebäude zu befinden, worauf Falcao auch gehofft hatte. Es war früh am Abend und der Arzt hielt sich bestimmt noch in der Klinik auf. Falcao inspizierte die Terrassentür, holte einen feinen Draht aus seinem Rucksack, und machte sich am Schloss zu schaffen. Nachdem er den Draht einige Male nachgebogen hatte, konnte er den Zylinder lösen, ihn drehen und die Tür öffnen.

Falcao stand nun, im riesig anmuteten Wohnbereich des Hauses. Er beschloss zunächst sämtliche Räume einzusehen, um sicherzustellen, dass er alleine war. Wie erwartet befand sich niemand im Haus. Falcao ging zum Büro, dessen Tür er im Flurbereich offen gelassen hatte. Ihn interessierte der Laptop, den er dort gesehen hatte. Vielleicht konnte er dort Hinweise auf seinen Sohn finden. Er öffnete das Notebook und fuhr es hoch. Er benötigte nicht lange, um den Zugangscode zu entschlüsseln. Nach einer halbstündigen Suche stellte er seine Bemühungen erfolglos ein. Er wollte den Laptop schon wieder zuklappen, als ihm etwas auffiel. Er entdeckte einen komprimierten und verschlüsselten Ordner. Er brauchte diesmal etwas mehr Zeit, um die Verschlüsselung zu knacken. Falcao extrahierte den Ordner und öffnete die erste Datei.

Was er sah, schockierte selbst ihn, ein Wesen, das nicht von dieser Welt stammte.

***

Auch bei Marlon machte sich langsam Frustration breit. Das Herumkommandieren seines Vaters nervte ihn schon seit langem. Er war es leid, sich ständig sagen lassen zu müssen, was er zu tun oder zu lassen hätte. In den letzten Tagen hatte der griesgrämige Alte ihn kaum beachtet. Er schien mit dem Jungen von oben ausgelastet zu sein. Man konnte seinem alten Herrn ansehen, dass er unzufrieden war und Probleme hatte.

Mehr wusste Marlon nicht, da sein Vater ihm tiefere Einblicke in seiner Arbeit verwehrte. Die medizinische Erforschung des Jungen stand momentan über allem. Ja, auch die beiden von oben gingen Marlon mächtig gegen den Strich, insbesondere die Hebamme, die dem Jungen immer noch ihre Mutterrolle vorgaukelte. Sie ignorierte Marlon während den letzten Trainingseinheiten völlig. Er hatte es mit Komplimenten versucht, doch sie sah ihn nicht einmal an, nickte nur und setzte ihre Übungen fort.

Ich kann auch anders, dachte Marlon, *heute Abend werde ich der unnahbaren Dame zeigen, wer der Herr im Hause ist.*

***

Es dämmerte bereits, als Falcao ein Geräusch an der Haustür hörte. Er legte die Illustrierte beiseite, in der er desinteressiert geblättert hatte, nahm seine Waffe zur Hand und schraubte den Schalldämpfer auf die Mündung. Auf dem Laptop lief immer noch eine Diashow mit widerwärtigen Bildern. Er konnte sie sich nicht lange ansehen, stattdessen hatte er lieber in einer belanglosen Zeitschrift gelesen. Im Flur wurde Licht angeschaltet. Die Bürotür stand offen und Falcao konnte im Flur Sobichs Schatten erkennen, der sich auf das Büro zubewegte. Dann tauchte er im Türrahmen auf. Voller Entsetzen sah Sobich seinen ungebetenen Besuch an, der eine Waffe auf ihn richtete.

„Schönes Hobby haben sie da Sobich", sagte Falcao abfällig, „die Kinder hatten sicherlich viel Spaß mit dir. Apropos Kinder, ist ihnen mittlerweile eingefallen, wo mein Sohn ist? Die Geschichte, die sie mir im Krankenhaus aufgetischt haben, kaufe ich ihnen nicht ab?"

„Wie sind sie hier überhaupt reingekommen? Und nehmen sie das Ding da weg!" Lars Sobich deutete auf die Waffe.

Abrupt sprang Falcao aus dem Bürostuhl und bewegte sich blitzschnell auf Sobich zu. Er packte ihn an den Schultern, drehte seinen rechten Arm auf den Rücken, und zerrte den Mann in das Büro. Er drückte den wehrlosen Arzt an die Wand und hielt ihm die Waffe unters Kinn.

„Ich habe keine Lust meine kostbare Zeit mit einem perversen Kinderschänder zu vergeuden! Ich will wissen, wo mein Sohn ist?"

„Ich habe keine Ahnung, jetzt lassen sie mich…"

Falcao senkte die Pistole, dann schoss er Sobich unvermittelt in den Fuß.

Als Sobich vor Schmerzen aufschrie, hielt Falcao ihm den Mund zu. Falcao war kurz vor einer Mutation, die er in dieser Situation verhindern wollte. Der Druck in seinem Kopf wurde stärker, das Herz schlug pumpend gegen seine Brust, die Haut unter der Kleidung spannte sich, Federkiele wollten sie durchbrechen. Falcao konzentrierte sich und wandte sich wieder Sobich zu, nur so konnte er einer Verwandlung Einhalt gebieten.

„Ich frage dich, gütig, wie ich bin, noch zweimal Sobich. Wenn ich mit deiner ersten Antwort nicht zufrieden bin, schieß ich dir deine verkommenen Eier ab. Falls du mich dann nochmal anlügst, was ich sehr bezweifle, blas ich dir dein elendes Gehirn raus. Haben wir uns da verstanden?", fauchte Falcao Sobich förmlich entgegen, und merkte, wie sich sein Körper wieder entspannte.

Sobich nickte hastig. Sein linker Fuß schmerzte pochend. Der Schuh füllte sich mit warmem Blut. Er hob den Fuß leicht an, um ihn zu entlasten, um den Schmerz zu mindern. Blut tropfte aus der Sohle. Sobich sah ein Loch im Parkett, dann einen Teil seines Blutes darin verschwinden. Die Hand von seinem Mund löste sich. Kaltes Metall drückte an seine Hoden.

„Wo ist mein Sohn?"

„Bei einem Freund", stammelte Sobich.

„Erzähl, oder ich drücke ab!"

Sobich erzählte. Falcao setzte ihn auf den Stuhl. Sobich war leichenblass, Schweiß rann von seiner Stirn, aber er antwortete auf Falcaos Fragen, berichtete von Nick.

„Du kannst jetzt notdürftig deinen Fuß versorgen, dann fahren wir los", stellte Falcao unmissverständlich klar, nachdem er alles erfahren hatte, was er wissen wollte. Er war zufrieden, mit sich und dem Verlauf seines Besuches.

Etwa eine halbe Stunde später fuhr Falcao zusammen mit Lars Sobich nach Kreuzer.

Nun wollte er seinen Sohn besuchen, er war bereit – bereit, sich von seiner Last zu befreien.

Eskalation

Seit der letzten Untersuchung hüllte sich Nick in Schweigen. Er kam Diana vor wie ein stiller Vulkan, der kurz vor dem Ausbruch stand. Sie wappnete sich auf eine Aussprache, darauf, dass sie ihn vor vollendete Tatsachen stellen musste. Was sollte sie ihm sagen? Diana bezweifelte, dass sie die richtigen Worte finden würde, nicht jetzt, vielleicht später. Nun stand ihr die Auseinandersetzung mit Marlon bevor. Auch diesbezüglich wusste sie nicht, wie sie vorgehen sollte. Alles drehte sich in ihrem Kopf, als es an der Metalltür im Seitenflur klopfte. Sie ging durch den schmalen Gang und gab sich zu erkennen. Die Tür wurde geöffnet.

Marlon grinste sie an: „Lust auf ein bisschen Körperertüchtigung?"

„Ich komme sofort", antwortete Diana kurz und bündig.

Sie ging zu Nick ins Zimmer. Er lag auf dem Bett und las in einem Buch. Diana gruselte es ein wenig, als sie sah, wie sich seine langen Fingernägel im Schein der Nachttischlampe an das dicke Buch krallten. Sie mussten nötig wieder geschnitten werden. Auch dies war ein Indiz seiner Unausgewogenheit. Bei seiner Körperpflege ließ er ansonsten immer allergrößte Sorgfalt walten. Etwas beschäftigte den Jungen, bald würde es aus ihm herausplatzen, dessen war sich Diana bewusst.

„Ich gehe nach nebenan trainieren Nick, falls etwas sein sollte ruf mich über die Sprechanlage. Ich bleib nicht lange, versprochen", versicherte sie abschließend.

„Ist okay Ma", sagte Nick ohne sie dabei anzusehen. Er schien von der Geschichte gefesselt zu sein, oder aber von seinen Gedanken.

Diana ging noch schnell ins Bad, um sich mit kaltem Wasser zu erfrischen, dann zog sie ihre Sportsachen an und ging nach nebenan. Wie immer bat Marlon sie, die Tür zu schließen.

Diana hatte es sich angewöhnt, anfangs das Laufband zum Aufwärmen zu benutzen, ehe sie leichte Kraftübungen machte. Marlon hingegen lag wie üblich auf der Hantelbank und wuchtete Gewichte in die Höhe. Wenn er zum Verschnaufen die Gewichtstange ablegte, wanderte sein lüsterner Blick über Dianas Körper. Sie wusste, wo seine Augen am liebsten verharrten. Sollte er doch gucken, solange er sie nicht anders belästigte, war ihr das egal. Sie behielt ihren Rhythmus bei, blickte auf den Vorhang, und machte sich Gedanken über das, was dahinter verborgen lag.

Aus den Augenwinkeln erkannte sie, wie Marlon sich von der Liege erhob, zum Kühlschrank ging, und ihr dabei den Rücken zudrehte. Diana nutzte die Gelegenheit. Sie sprang geschickt vom Band, machte ein paar schnelle Schritte auf den Vorhang zu, und zog ihn geschwind beiseite.

Sie hatte es geahnt. Dunkle Bildschirme taten sich vor ihr auf, je weiter sie den Vorhang aufzog, umso mehr wurden es.

„Was machst du kleines mieses Luder da?", fluchte Marlon in den Raum und kam forschen Schrittes auf Diana zu.

„Du beobachtest uns, wir haben die Kameras gefunden, du mieser Spanner. Ich will…"

Bevor Diana weiterreden konnte, packte Marlon sie fest am Arm, und zog sie vom Vorhang weg. Er drängte Diana in Richtung des Multifunktionsgerätes. Sie stemmte sich mit den Beinen ab, versuchte mit aller Kraft sich seinem Griff zu entziehen. Es gelang ihr nicht, da er nun auch ihren anderen Arm zu packen bekam. Marlon wuchtete sie herum und drückte Diana an die fast senkrecht stehende Rückenbank des Übungsgerätes.

„Jetzt zeige ich dir, was man mit neugierigen Schlampen wie dich macht", keuchte Marlon, dessen Gesicht nun purpurrot angelaufen war. Seine Augen funkelten vor Wut und Gier.

Er reckte Dianas Arme in die Höhe und presste seinen Körper gegen ihren. Schnaufend näherte sich sein Kopf ihrem Mund. Er roch nach Alkohol. Diana drehte sich zur Seite. Marlon verfehlte ihren Mund und küsste sie auf die Wange, leckte sie ab, verteilte seinen Speichel in ihrem Gesicht. Dann wanderte sein kurz geschorener Kopf hinunter zu ihren Brüsten und rieb sich an ihnen. Sie war ihm wehrlos ausgeliefert, konnte sich aus seinem festen Griff nicht lösen. Marlons bulliger Nacken glänzte vor Schweiß, der aus seinen Poren drang. Plötzlich streckte er sich wieder in die Höhe, wobei er Diana schmachtend ansah.

„Du willst es doch auch", keuchte er schwer atmend und drückte sich noch enger an Diana. Sie spürte seine männliche Härte zwischen ihren Lenden. Verzweifelt blickte Diana um sich. Schräg hinter ihr, standen zwei Metallstangen an dem Gerät gelehnt. Solange Marlon sie festhielt, konnte sie diese nicht erreichen. Unterdessen löste Marlon eine Hand, womit er ihr dann an den Busen griff. Sie schlug ihm mit der freien Faust auf den Rücken. Unbeeindruckt fuhr er ihr mit der Hand zwischen die Beine. Diana fasste einen Entschluss.

„So wird das nichts Marlon, lass mich los und ich zeige dir, was du von mir sehen willst", sagte Diana nach Fassung ringend.

Marlon sah sie verblüfft an.

„Wenn du mich verarscht, wirst du diesen Raum nicht mehr lebend verlassen Schätzchen!", drohte Marlon fest entschlossen.

Er lockerte seinen Griff und Diana bekam auch den zweiten Arm frei. Sein Blick war fordernd und bedrohlich zugleich. Diana sah keine Alternative, sie musste ihm etwas bieten – musste ihn ablenken. Er stand immer noch dicht vor ihr, sie roch Schweiß und Alkohol, sah die Gier in seinen Augen. Langsam hob sie ihr T-Shirt an, aufreizend zog sie es bis zu ihren Brüsten hoch. Seine Blicke folgten jede ihrer Bewegungen. Diana lächelte ihn sinnlich an, zog dann das T-Shirt aus.

Sie legte die Hände hinter ihren Rücken, so als wolle sie den BH öffnen. In dieser Position verharrte sie.

„Nein, erst du, runter mit dem Shirt!", forderte sie Marlon auf.

Der ließ sich nicht lange bitten, trat einen Schritt zurück und begann damit sein Shirt auszuziehen. Das enge Kleidungsstück klebte an seinem verschwitzen Oberkörper, sodass er Mühe hatte, es abzustreifen. Als er es sich unbeholfen über den Kopf zog, griff Diana nach der Stange. Sie bekam sie gleich richtig zu fassen und zog sie rasch zu sich herüber. Mit beiden Händen schwang sie die Eisenstange nach oben, holte aus und schlug seitlich gegen Marlons Brustkorb. Der Schlag hinterließ kaum Wirkung. Wutentbrannt schleuderte er das lästige Shirt beiseite, damit er Diana angreifen konnte. Soweit kam es aber nicht, da sie ihm die Stange sofort gegen den Bauch stieß. Marlon versuchte nach ihrer Waffe zu greifen, was ihm nicht gelang. Diana setzte ihre Erfahrungen ein, die sie als Fechterin gesammelt hatte. Sie bewegte sich geschmeidig, schwang die Stange von unten nach oben und traf Marlon genau zwischen den Beinen. Er blähte die Wangen auf, lief hochrot an und griff sich in den Unterleib. Der Schlag in die Hoden raubte ihm den Atem. Als er in dieser gebeugten Haltung verharrte, schlug Diana ihm die Eisenstange an den Kopf. Ihr Widersacher fiel daraufhin zu Boden. Diana wartete einen Moment, jederzeit bereit erneut zuzuschlagen, doch Marlon bewegte sich nicht mehr. Blut rann aus einer Platzwunde, dabei verfärbte sich ein Teil seiner kurzen

Haarstoppel in dunkles Rot. Langsam bildete sich eine Blutlache auf dem hellen Linoleumboden. Adrenalin ließ Dianas Körper erzittern, sie rang schwerfällig nach Atem. Vorsichtig, bereit erneut zuzuschlagen, fühlte sie nach Marlons Puls. Er schlug, langsam, aber er schlug.

Diana sah sich um, dachte nach. In der linken Ecke befand sich ein Geräteraum. Sie hatte Marlon des Öfteren dabei beobachtet, wie er Hanteln und Ähnliches aus diesem Raum geholt hatte. Die Tür war nicht abgeschlossen, jedoch steckte ein Schlüssel im Schloss. Sie vergewisserte sich, ob Marlon noch ohne Bewusstsein war, dann schleifte sie ihn zu dem Geräteraum. Es war eng, aber sie positionierte Marlon so, dass er hineinpasste. Den Oberkörper lehnte sie an einem Gymnastikball. Seine linke Gesichtshälfte war blutverschmiert, doch Diana beachtete ihn nicht weiter, schloss die Tür ab, und steckte den Schlüssel in ihre Tasche. Nachdem sie ihr T-Shirt wieder angezogen hatte, ging sie zu der Monitorwand.

Sie zog den Vorhang ganz auf, wobei sie noch mehr Bildschirme freilegte. Anschließend begab sie sich zu dem schwarzen Verdeck und zog es auf. In dem Tisch war ein Mischpult eingelassen. Diana suchte nach dem Einschaltknopf, fand ihn schließlich oben links, und drückte ihn. An dem Pult blinkten einige Lichter und die Monitore gingen an. Diana sah sich einen Bildschirm nach dem anderen an. Sie erkannte den Außenbereich, den unteren Empfang, und vor allem ihre Wohnung. Jeder Raum wurde auf den Monitoren gezeigt, ob Bad,

Wohnbereich oder Schlafräume, sie konnte alles einsehen. Sie sah Nick in seinem Zimmer, wie er immer noch in dem Buch las.

Dieses miese Schwein hat uns die ganze Zeit beobachtet, hat mich nackt unter der Dusche gesehen....

Diana schreckte auf, ein Signal ertönte und am Pult blinkte plötzlich ein rotes Licht.

***

Der dumpf pulsierende Schmerz der Wunde zog sich bis in Sobichs Oberschenkel. Er war froh, einen Automatik zu fahren, so benötigte er seinen linken Fuß nicht. Gar nicht erfreute er sich über seinen Fahrgast. Chamber hielt unentwegt die Waffe auf ihn gerichtet. Er verhielt sich schweigsam, sagte während der Fahrt kein einziges Wort. Sobich sah sich gezwungen, zu fragen, als er auf den schmalen Waldweg einbog.

„Was sage ich Kreuzer, wenn wir gleich vor dem Tor stehen? Ich muss die Sprechanlage betätigen, damit wir eingelassen werden", sagte er, und sah Chamber an.

Der starrte nur in die mittlerweile eingetretene Dunkelheit, er schien nachzudenken, sagte dann: „Ich hätte wichtige Informationen bezüglich des Kindes, den Rest überlasse ich deiner Phantasie, aber sei gewarnt, ein falsches Wort und ich puste dich um!"

Viele Gedanken kreuzten sich in Sobichs Kopf, als er vor dem Metalltor anhielt. Er stieg aus und drückte den Knopf der Gegensprechanlage.

***

Der Signalton verstummte genauso plötzlich, wie er ertönt war. Das Licht hörte auf zu blinken. Auf einem der Monitore sah Diana ein Auto vor dem Hoftor stehen. Schemenhaft erkannte sie einen Mann, der leicht vorgebeugt an dem Torpfosten stand. Auf einem anderen Bildschirm, welcher das Empfangsportal zeigte, tauchte der alte Kreuzer auf und sprach in ein Funkgerät, wie sie es von Marlon kannte. Hören konnte sie ihn nicht. Sie suchte nach einem Lautstärkenregler, fand aber keinen. Die Überwachungsanlage schien ohne Tontechnik zu sein.

Das Tor öffnete sich und das Fahrzeug fuhr auf den Hof. Richard Kreuzer hatte inzwischen den Raum wieder verlassen. Kurze Zeit später kam er zurück, ging durch das Portal, verschwand wieder aus dem Bild, um auf den nächsten Bildschirm wieder aufzutauchen. Diana sah ihn, wie er die Eingangstür öffnete. Zwei Männer stiegen aus dem Auto und begrüßten Kreuzer per Handschlag. Ein großer dunkelhäutiger Mann, und jemanden,- ihr stockte der Atem, jemanden, den sie nur zu gut kannte – Lars Sobich.

***

Richard Kreuzer hatte sich gerade sein Abendessen aufgewärmt, als der Torempfänger piepte. Er erwartete eigentlich keinen Besuch, umso perplexer war er, dass es sich um Sobich handelte, der zudem noch einen Informanten dabei hatte. Dieser Mann wollte mit Kreuzer sprechen, da er angeblich Informationen über

Quick hätte. Kreuzer zog sich kurz ins Büro zurück, ging dann zur Tür, um mit den Männern zu reden.

***

Falcao war die Ruhe in Person. Er hatte ein Ziel vor Augen. Ihm konnte nichts davon abhalten, es zu erreichen. Ganz entspannt sah er sich den älteren Herren an, der ihnen die Tür geöffnet hatte. Er trug einen langen weißen Arztkittel. Der Mann stellte sich als Richard Kreuzer vor und ließ seine unerwarteten Gäste eintreten. Sie durchquerten einen großen Raum, der sie in einen noch imposanteren Teil des Hauses führte, dort baute sich Kreuzer mit verschränkten Armen vor ihnen auf.

„Was verschafft mir die Ehre?", fragte er mit erhobener Stimme.

„Herr Chamber möchte mit dir über den Jungen reden", meinte Sobich eher kleinlaut.

„Was ist mit deinem Fuß passiert Lars? Du humpelst ja, als seiest du vom Pferd getreten worden."

„Das ist nicht so dramatisch, ich habe ihn mir nur verstaucht, wahrscheinlich eine Bänderdehnung", log Sobich und sah dabei verstohlen zu Falcao.

„Welche Art von Informationen haben sie für mich junger Mann?", wandte sich Kreuzer nun an Falcao, wobei er seine Hände in die Kitteltaschen steckte.

„Einen Moment, die kann ich ihnen am besten gleich zeigen, um unnötige Diskussionen zu vermeiden", sagte Falcao und kramte in seinem Rucksack. Er zog seine Waffe hervor und richtete sie auf Sobich. Den Rucksack warf er achtlos beiseite. „Dieser nette Mann hier neben mir hat behauptet, dass sich mein Sohn bei ihnen aufhält, beziehungsweise sie ihn mit hierher genommen haben, um an ihm diverse Untersuchungen durchzuführen. Der Junge heißt Nick, ich würde ihn jetzt gerne sehen", erklärte Falcao, wobei er die Waffe weiterhin auf Sobich richtete.

„Ich kenne keinen Nick. Hier ist niemand, den ich behandle. Was ihnen dieser Mann erzählt hat, ist völlig aus der Luft gegriffen, nichts als Lügen. Ich kenne Sobich, er ist ein Spinner."

Falcao drückte ab, dabei blickte er Kreuzer kaltblütig in die Augen. Er sah nicht, wie die Kugel Sobichs Kopf durchfuhr, sah nicht, wie sie in das abstrakte Gemälde einschlug, dort ein Loch im abgebildeten Frauenkopf hinterließ, aus dem nun Blut und Gehirnmasse zu laufen schien, Sobichs Blut und verkommenes Hirn. Er sah nicht hin, als der tote Chefarzt zu Boden sank.

„War ein Spinner, ein Widerwärtiger obendrein", sagte Falcao eiskalt, „das er mich belogen hat, bezweifele ich dennoch. Sie sollten noch vorher genau überdenken, was sie mir jetzt auf meine Frage antworten werden. Ist mein Sohn Nick hier?"

Kreuzer stand wie versteinert da, sah seinen Widersacher an, der ihm in drei Metern gegenüberstand, und sagte nichts. Die Mündung mit dem aufgesetzten Schalldämpfer zeigte direkt auf seinen Kopf. Falcaos Hand war ganz ruhig, zeigte keine Anzeichen eines Zitterns.

Wie aus dem Nichts, fiel ein Schuss, schallte durch die zerreißende Stille des Raumes. Ein feuriger Schmerz durchfuhr Falcaos Oberschenkel. Ein Schmerz, den er so nicht kommen gesehen hatte. Wiedermal hatte man ihn überrascht. Was er sah, war ein rußgeschwärztes Loch in Kreuzers Kitteltasche. Dann ein Zweites, nachdem ein neuerlicher Knall den Raum erhallte. Die Kugel verfehlte Falcao diesmal und schlug irgendwo hinter ihm in eine Wand ein. Kreuzer zog eine kleinkalibrige Schusswaffe aus der Tasche und drückte noch einmal ab. Falcao reagierte diesmal schnell genug und warf sich zur Seite, wobei er fast über Sobichs Leiche gestolpert wäre. Er duckte sich ab und feuerte seinerseits einen Schuss auf Kreuzer ab. Die Kugel zerschmetterte die linke Kniescheibe des Forschers. Seine Schreie durchdrangen das komplette Haus. Mit schmerzverzerrtem Gesicht hielt er sich das Knie. Blut lief zwischen seinen Fingern und tropfte auf den Dielenboden, wo es begierig vom Holz aufgesogen wurde. Kreuzer hatte seine Pistole fallengelassen und sah Falcao hasserfüllt an. Auch Falcao legte seine Waffe ab. Es war an der Zeit, sein wahres Gesicht zu zeigen.

***

Diana beobachtete die drei Männer, die sich im Erdgeschoss unterhielten. Verstehen konnte sie nichts. Sie bekam mit, wie die Situation eine dramatische Wendung nahm, als der dunkelhäutige Mann eine Waffe zückte und Sobich unvermittelt niederschoss. Den Knall des Schusses konnte sie deutlich hören.

Nick…- der Mann will etwas von Nick.

Ich habe diesen Mann schon einmal gesehen, nur wo…?

Diana rannte zu dem Jungen. Sie mussten fliehen, bevor es zu spät war.

***

Die Verwandlung dauerte nicht einmal eine Minute. Kreuzer sah mit Grauen, wie der dunkle Hüne zu einem vogelartigen Geschöpf mutierte. Zuerst veränderte sich das Gesicht, wurde zusehends unförmiger, bis sich ein riesiger Schnabel gebildet hatte. Die Haut schälte sich vom Kopf und legte einen knochigen Schädel frei. Beide Augen zogen sich langsam in den Höhlen zurück, um anschließen golden hervorzuleuchten. Aus den Armen wuchsen kleine schwarze Federn, das T-Shirt blähte sich an einigen Stellen leicht auf.

Bedrohlich näherte sich das Wesen Kreuzer. Falcao sah die Angst in dessen Augen. Mit dem Fuß stieß er den Forscher zu Boden, dann hockte er sich über den vor Schmerzen wimmernden Mann. Falcao hielt ihn an den Armen fest.

„Wo Ist der Junge?", krächzte Falcao durch den leicht geöffneten Schnabel. Kreuzer erschauderte.

Wo bleibt Marlon, warum kommt er nicht, er muss die Schüsse doch gehört haben, dachte Kreuzer. Er hoffte weiter auf Marlon.

„Hier nicht!", versicherte Kreuzer nochmals.

Falcao senkte langsam seinen Vogelschädel, setzte den Schnabel auf Kreuzers Oberarm ab und riss ein Stück Fleisch heraus. Demonstrativ ließ er das blutige

Stück mit dem Stofffetzen auf Kreuzers Brustkorb fallen. Der helle Kittel sog Kreuzers Blut auf wie ein ausgetrockneter Schwamm. Nun näherte sich Falcao mit dem totbringenden Schnabel Kreuzers Gesicht, berührte dessen Lippen.

„Wo ist der Junge?"

„Oben, der gottverdammte Junge ist oben!", schrie Kreuzer förmlich heraus.

Todesangst überkam ihn, als er in den stinkenden Schlund des Monsters sah. Der Wissenschaftler kreischte mit weit geöffneten Lippen: „ Oben, der gottver....", dann senkte sich der Schnabel tief in Kreuzers Mund. Es folgten würgende Laute, dann ein grässliches Knacken, bevor endgültige Stille den Raum erfüllte.

***

„Wir müssen von hier verschwinden Nick. Unten bei Kreuzer ist ein fremder Mann mit einer Waffe und er hat bereits einen anderen Mann erschossen. Hast du den Knall eben nicht gehört?"

Nick schüttelte verneinend mit dem Kopf und legte das Buch weg. Plötzlich fielen weitere Schüsse. Beide zuckten verschreckt zusammen.

„Komm Junge, lass uns erst nach nebenan gehen, um zu sehen, was da unten vor sich geht. Du hattest Recht, überall sind Kameras versteckt. Komm beeil dich!", forderte Diana Nick auf.

Eiligen Schrittes gingen sie in Marlons Büro. Nick machte große Augen, als er die Monitorwand sah.

„Oh mein Gott", entfuhr es Diana, „was ist das?"

Sie sahen einen Menschen mit einem Vogelschädel, der über dem Wissenschaftler hockte. Er hackte seinen monströsen Schnabel in Kreuzers Arm. Kreuzer schien zu schreien. Ja er schrie, sie konnten seine Schreie hören. Sie konnten sein angstverzerrtes Gesicht sehen und wie sich der dunkelhäutige Mann mit dem Schnabel seinem Mund näherte. Kreuzers Schreie gingen in ein erstickendes Gurgeln über. Dann nur noch Stille. Der Vogelmensch hob seinen Kopf, dabei blickte er in Richtung der Kamera. Er stand auf, näherte sich behäbig dem Objektiv und blickte Diana und Nick so an, als würde er die beiden vor sich sehen. Seine tief in den dunklen Höhlen verborgenen Augen funkelten böse in die Kamera. Von dem leicht gebogenen knochigen Schnabel tropfte Blut.

Diana sah zu Nick, der wie gebannt auf den Bildschirm starrte. Vor ihnen offenbarte sich das Grauen. Auf dem Boden lagen zwei Leichen und ein Monster glotzte sie hasserfüllt an. Diana machte sich gleich Vorwürfe, sie hätte Nick diesen grauenhaften Anblick ersparen müssen.

Der Vogelmensch drehte sich ab und ging um sich schauend durch den Raum.

Er sucht die Treppe - er will zu uns!

„Wir müssen von hier verschwinden Nick. Der Vogelmann sucht nach uns, ich weiß nicht warum, aber er will uns", sagte Diana, während sie eine Schublade unter dem Tisch aufzog.

Nick hatte seine Schockstarre überwunden und fragte: „Was suchst du Ma, wir haben nicht viel Zeit, das Monster hat den Raum bereits verlassen!"

„Ich suche den verdammten Schlüssel für die Metalltür, damit wir sie hinter uns absperren können", antwortete Diana, wobei sie eine zweite Lade aufzog.

Dort lag Marlons Revolver. Diana nahm ihn an sich.

„Ma, wir haben keine Zeit mehr, ich kann ihn schon hören, komm jetzt!"

„Lauf los, den Turm herunter, dann zum Hoftor!", forderte sie Nick auf, dabei gab sie ihm einen kleinen Schubs, damit er auch sofort loslief.

Sie eilten durch die Wohnung zum Treppenhaus. Nick riss die Tür auf. Ausgerechnet jetzt steckte der Schlüssel nicht. Zeit zum Suchen hatten sie nicht, da sie den Vogelmann bereits schnaufend in Marlons Bereich hörten. Sie stürmten die Stufen des Turmes hinab und gelangten auf den Hof. Rudolf kam ihnen mit einem Gewehr in der Hand entgegen.

„Rudi, im Haus ist ein seltsamer Mann, er hat Kreuzer umgebracht und verfolgt uns", rief Nick verängstigt.

„Nehmt den Sportwagen", sagte Rudolf, „das Tor ist auf, ich werde ihn aufhalten. Der schlaksige Rudi warf Nick die Autoschlüssel zu, die dieser geschickt auffing.

Diana folgte Nick, der zum Carport rannte. Er öffnete die Fahrertür.

„Auf die andere Seite Nick, gib mir die Schlüssel!", verlangte Diana.

„Ich fahre!"

„Aber…..?"

„Rudi hat es mir gezeigt und jetzt steig endlich ein Mal!"

Er wollte gerade einsteigen, als der Vogelmann aus dem Turm gerannt kam. Rudi stellte sich ihm in den Weg und feuerte ein Schuss ab. Das dunkle Wesen geriet leicht ins Torkeln, steuerte aber unbeeindruckt weiter auf Rudolf zu. Nick beobachtete, wie der Mann mit dem Vogelkopf Rudi das Gewehr einfach entriss. Rudi wehrte sich vergebens. Das übermächtige Wesen schlug ihn mit dem Gewehrkolben nieder. Wehrlos lag der Mann mit der schwarzen Stoffhose und dem weißen Hemd am Boden. Der Vogelmann setzte ihm das Gewehr auf die Brust und drückte ab. Nick sah, wie sich Rudis Hemd rot verfärbte.

„N I C K!", brüllte Diana.

Er reagierte sofort, stieg ein und startete den schwarzen Sportwagen, noch bevor Diana eingestiegen war. Sie hatte kurzfristig überlegt, auf die hünenhafte Gestalt zu schießen, sich es dann aber doch anders überlegt, da sie mit Marlons Revolver nicht umgehen konnte, außerdem drängte die Zeit. Nachdem sie die Tür zugeschlagen hatte, legte Nick den Rückwärtsgang ein. Diana wunderte sich darüber, wie seelenruhig der Junge handelte, scheinbar unbeeindruckt von dem, was um sie herum geschah. Er krallte seine langen Fingernägel um das Lenkrad, sah nach hinten, ließ die Kupplung kommen, und fuhr mit Schwung rückwärts auf den Vogelmann zu. Der warf sich im letzten Moment zur Seite. Auf Knien liegend schoss die Gestalt auf das Fahrzeug. Nick vernahm ein surrendes Geräusch, als die Kugel den hinteren Kotflügel durchschlug. Unbeeindruckt legte er den ersten Gang ein und fuhr mit quietschenden Reifen die Auffahrt hoch. Im Rückspiegel konnte er beobachten, wie der Vogelmann auf das Auto zulief, welches vor der Eingangstür des Hauses parkte.

„Mach das Licht an Nick!", meldete sich Diana zu Wort, die sich krampfhaft am Armaturenbrett festhielt.

„Ich sehe genug Ma", meinte Nick, „aber vielleicht kann ich ihn so abschütteln, er verfolgt uns nämlich."

Nick fuhr auf die schmale Straße und durchquerte das Waldstück mit Vollgas. Am Ende bog er rechts ab, fuhr nicht in Richtung Stadt. Auf der langen kurvenlosen Strecke erkannte er das Scheinwerferlicht seines Verfolgers im Rückspiegel. Nick fand sich in der Dunkelheit ohne Licht bestens zurecht. Nach einer leichten Linkskurve sah er, wie links ein Feldweg abzweigte. Der Junge bremste das Fahrzeug ab, indem er die Gänge herunterschaltete, damit er kein Bremslicht erzeugte, und bog auf den Sandweg ein. Nick gab Gas. Sie flogen förmlich über den unebenen Weg. Als Bäume vor ihnen auftauchten, ließ Nick den Wagen langsam ausrollen.

„Ich glaube nicht, dass er gesehen hat, wo wir abgebogen sind. Wir sollten jetzt einfach abwarten, oder was meinst du Ma?"

„Ja wir warten!"

Sie warteten etwa eine halbe Stunde lang. Nichts passierte, kein Auto folgte ihnen auf den Feldweg. Kein bedrohliches Monster tauchte auf, um sie zu töten. Nun überließ Nick Diana das Steuer. Als sie die Landstraße erreicht hatte, sah sie Nick fragend an. Der zuckte nur mit den Schultern. Diana fuhr auf die Landstraße, ohne ein Ziel vor Augen zu haben.

Offene Fragen

Tief enttäuscht lag Falcao in seiner Wohnung auf dem Sofa. Er sah dabei zu, wie sich die Wunde am Oberschenkel wieder schloss. Vor wenigen Minuten hatte er die Kugel herausgeschnitten. Der Streifschuss, den er erlitten hatte, war längst verheilt. Schmerzen empfand er nur im Kopf.

Warum habe ich versagt? Diese Frage pulsierte in seinem Hirn. Immer und immer wieder strömte sie durch seinen Verstand. So sehr er auch überlegte, er fand die Antwort nicht. Alles war nach seinen Vorstellungen verlaufen. Die Mutation hatte er bewusst eingeleitet und kontrolliert. Als er die Gestalt des Vogelmenschen angenommen hatte, konnte er seine Nähe spüren, die Nähe seines verkommenen Sohnes. Er fühlte sich in dem Moment sogar von ihm beobachtet. Als er ihn dann auf dem Hof kurz gesehen hatte, war er von dessen Größe überrascht gewesen. Den dünnen Mann mit dem Gewehr hatte er nicht erwartet. Wäre dieser Mann nicht aufgetaucht, hätte er den Jungen und die Frau sicherlich zu fassen bekommen. So aber hatten sie fliehen können. Es ärgerte ihn maßlos, dass sein eigen Fleisch und Blut ihn abgehängt hatte. Der Junge war clever, eine Eigenschaft, die er ihm so nicht zugetraut hätte. Er hatte Nick und die Frau unterschätzt, das durfte ihm nicht noch einmal passieren. Aber so stand er erneut mit leeren Händen da, sah sich gedemütigt und musste mit der Suche von vorne beginnen.

Wie geht es weiter? Auch diese Frage schwirrte durch seinen Kopf. Die dunkelhaarige Frau war der Schlüssel zum Erfolg seiner Mission. Sobald er Nick getötet hatte, wollte er sie schwängern, sie würde ihm eine würdige Tochter gebären. In der Berghütte hatte er von der schönen Frau geträumt. Er deutete den Traum als Zeichen seiner Ahnen, sie wiesen ihm mit dieser Botschaft den rechten Weg. Er hatte dieser Eingebung Folge zu leisten. Er musste in Erfahrung bringen, wer diese Frau war, da er selbst ihren Namen nicht kannte. Der Chefarzt hatte ihn nicht erwähnt. Das Klinikum konnte er nicht mehr aufsuchen. Nach Sobichs Tod war das Risiko zu hoch, weil man ihn wiedererkennen und mit dem Mord in Verbindung bringen könnte.

Falcao beschloss, noch einige Tage zu warten, um dann noch einmal das Anwesen der Kreuzers aufzusuchen.

✳✳✳

Eine unruhige Nacht lag hinter ihnen. Diana und Nick hatten nach einer stundenlangen Irrfahrt in einem Münchener Hotel übernachtet. Nachdem sie sich mehrere Male verfahren hatten, beschlossen die beiden, in der Großstadt nach einem Hotel zu suchen. Es erwies sich nicht als besonders schwierig, eine Unterkunft zu bekommen. Gleich beim ersten Hotel, welches sie anfuhren, checkten die beiden ein. Obwohl Diana, als auch Nick sehr erschöpft zu Bett gegangen waren, fanden sie nur schwerlich in den Schlaf. Am nächsten Morgen waren sie immer noch von den nächtlichen

Strapazen gezeichnet. Erst eine ausgiebige Dusche verschaffte ihnen ein wenig Frische für Körper und Geist. Nick kürzte sich die Nägel, die an diesem Morgen überdurchschnittlich lang waren, da er in den letzten Stunden keine Gelegenheit dazu gehabt hatte. Sein Schneidewerkzeug hatte er gottseidank in der Hosentasche aufbewahrt. Diana beobachtete ihn durch die geöffnete Badezimmertür, wie er akribisch an seinen Zehen hantierte. Der Junge war in den letzten Tagen enorm gewachsen, bald würde er sie von der Größe überragen. Nick sah mit seinem langen, glatten schwarzen Haaren aus wie ein junger Indiana. Sein Bartwuchs nahm immer mehr zu, sodass er auch die Barthaare kürzen musste. Ihm schienen all diese widrigen Umstände nicht zu stören, sie gehörten zu seinem Leben und er nahm es wie selbstverständlich hin. Nick entsorgte die Überbleibsel im Müllbehälter, dann ging er zu Diana ins Schlafzimmer.

„Dieser Vogelmann ist mein Vater, richtig?", fragte er so, als sei es die selbstverständlichste Frage der Welt.

Diana sah ihn überraschend an, wusste nicht, was sie darauf antworten sollte. Vor dieser Konfrontation hatte sie sich immer gefürchtet.

„Wie kommst du darauf Nick?"

„Mir ist bewusst, dass ich kein normales Kind bin. Ich weiß, dass ich etwas über zwei Wochen alt bin, aber sieh mich an, sieht so ein Baby aus? Ich bin nicht dumm Ma, ich lerne schnell, genauso schnell, wie ich wachse und altere. Mir ist klar, dass ich jeden Tag um etwa ein Jahr älter werde. Mein Leben wird nicht von langer

Dauer sein, wenn wir keine Möglichkeit finden, die diesen Prozess stoppen kann. Kreuzer ist nicht mehr da, der kann mir nicht mehr helfen, wenn er dies überhaupt wollte.

Was aber will der Vogelmann von uns? Will er uns töten? Kann er mir helfen? Kennst du ihn? Hat er dich geschwängert? Ist er mein Vater?"

Diana überlegte lange, was sie dem Jungen sagen sollte, entschied sich dann für die Wahrheit: „Nick, ich bin nicht deine Mutter. Deine leibliche Mutter ist bei der Geburt gestorben. Ich kannte sie nicht, von daher kann ich dir auch nicht von ihr erzählen. Es war keine einfache Geburt, musst du wissen, es gab schwerwiegende Komplikationen. Ich war dabei, wir haben alles versucht um sie zu retten, leider vergeblich. Schon die Schwangerschaft war ungewöhnlich, hatte der Frau viel Kraft gekostet. Soweit ich weiß, hat es von Beginn der Empfängnis an keinen ganzen Tag gedauert, bis du das Licht der Welt erblickt hast. Ich habe mich von Anfang an um dich gekümmert und werde es auch weiter tun, wenn du mir weiterhin dein Vertrauen schenkst, Nick. Du bist wie ein eigener Sohn für mich. Ob dieses Vogelwesen dein Vater ist, kann ich dir nicht sagen. Ich kenne den Mann nicht, aber ich habe sein Gesicht vor der Verwandlung gesehen, und ich meine, dass ich ihm schon einmal zuvor begegnet bin, mir fällt nur nicht mehr ein, wo und wann das gewesen war. Was dieses Monstrum von uns will, weiß ich auch nicht, aber ich vermute, nichts Gutes. Es tut mir alles sehr Leid Nick. Wenn ich nur wüsste, wie ich dir helfen könnte."

„Bleib bei mir, lass mich nicht allein Diana!", meinte Nick nur, der Dianas Informationen relativ gefasst aufgenommen hatte, obwohl es ihm sichtlich schwerzufallen schien, keine Emotionen zu zeigen.

„Natürlich bleiben wir zusammen, was auch geschehen mag, ich weiche nicht von deiner Seite", versicherte sie Nick, der Diana zum ersten Mal mit ihrem Namen angesprochen hatte. Es stimmte sie ein wenig traurig, nicht „Ma" genannt zu werden. Die daraus entstandene Distanz, nahm ihr den Sohn, den sie nie hatte.

„Was machen wir jetzt?", wollte Nick wissen.

„Ich habe keine Ahnung, das müssen wir gemeinsam überlegen. Ich denke, wir sollten uns zunächst so unauffällig wie möglich verhalten. Man wird nach uns suchen. Die Vorfälle bei Kreuzer werden nicht unentdeckt bleiben, die Polizei wird Ermittlungen aufnehmen. Ich weiß nicht, inwieweit Sobich die Spuren verwischt hat, welchen die ermittelnden Fahnder nachgehen könnten. Die größere Gefahr droht uns von einer ganz anderen Seite. Der dunkle Mann wird seine Bemühungen uns zu finden nicht aufgeben, nicht, bevor er erreicht hat, was er will. Wie brutal er dabei vorgeht, haben wir erlebt. Und dann ist da noch Marlon. Ich habe ihn niedergeschlagen und dieses wird er nicht auf sich sitzen lassen, zudem könnte er davon ausgehen, dass wir seinen Vater, Sobich, sowie Rudolf umgebracht haben. So absurd der Gedanke auch sein mag, Marlon wird ihn haben. Dann brauchen wir Geld. Das, was du im Handschuhfach gefunden hast, reicht vielleicht für zwei Hotelübernachtungen. Und wir müssen jemanden suchen, der dir helfen kann."

„Mir, kann niemand helfen Diana. Was glaubst du, was wir für ein Aufsehen erregen werden, wenn die Öffentlichkeit von meiner Geschichte erfährt. Wem sollen wir uns anvertrauen? Wer könnte meine Krankheit in der kurzen Zeit, die mir noch bleibt, stoppen? Niemand, es sei denn, dieses Wesen kann es, von dem ich sicher bin, dass es sich dabei um meinen Vater handelt. Frag mich nicht warum, ich weiß es einfach. Er ist der Einzige, der unsere offenen Fragen beantworten kann", offenbarte Nick.

„Du kannst dich ihm nicht stellen Nick, nicht bevor wir wissen, was er von uns will. Wir müssen uns bedeckt halten, untertauchen und abwarten, auch wenn die Zeit davonrennt."

„Aber wo?"

„Zunächst sollten wir zu meiner Wohnung fahren. Wir brauchen Geld und Kleidung. Deine Hosen sind viel zu kurz, du brauchst unbedingt neue Sandalen, damit kannst du doch nicht mehr laufen", sagte Diana und deutete auf Nick Füße, die die Sohle weit überragten. „Ich würde sagen, dass wir jetzt auschecken, und mit Marlons Wagen zu meiner Wohnung fahren. Noch wird man nicht nach uns suchen, selbst wenn, glaube ich nicht, dass man uns so schnell auf die Spur kommt. Anschließend werden wir das Auto irgendwo abstellen und öffentliche Verkehrsmittel benutzen. Ich habe auch schon eine Idee, wohin wir fahren könnten."

Kurze Zeit später saßen die beiden in Marlons Wagen und machten sich auf den Weg.

***

Am frühen Morgen entdeckte ein Radfahrer Rudolfs Leiche. Er verständigte sofort die Polizei.

Marlon wurde von Männerstimmen geweckt. Sein Kopf schmerzte, ebenso wie er heftige Schmerzen im Unterleib verspürte. Er tastete mit der Hand nach seinen Schritt und zuckte zusammen, als er seine stark angeschwollenen Hoden berührte. Marlon rappelte sich in dem winzigen Raum auf, was ihm nur mit viel Mühe gelang. Als er endlich aufrecht stand, schlug er mit der Faust gegen die Tür.

„Hallo, ist da jemand?", rief er so laut es ging.

Nachdem er weiter geklopft und gerufen hatte, ging eine Weile später die Tür auf. Das gleißende Licht blendete ihn und er schützte seine Augen mit vorgehaltener Hand. Als sie sich langsam an die Helligkeit gewöhnt hatte, sah er zwei Männer vor sich stehen. Einen der Männer erkannte Marlon gleich wieder. Er hatte schütteres Haar, war klein und besaß einen unverkennbaren Bauchansatz.

„Bachmeyer, was machen sie denn hier? Wie sie sehen, bin ich diesmal Opfer und nicht Täter", meinte Marlon, dem noch geronnenes Blut an Wange und Hals klebte.

„Was ist hier vorgefallen Marlon?", wollte Kommissar Bachmeyer wissen.

158

„Ich wurde niedergeschlagen und in den Geräteraum gesperrt. Wie spät ist es jetzt?"

„Acht Uhr früh. Wer hat sie niedergeschlagen?"

„Ich mag es ja fast nicht zugeben, aber es war eine Frau."

„Wie heißt die Frau, die sie so zugerichtet hat, Marlon?"

„Ich kenne nicht einmal ihren Namen Herr Kommissar. Ich habe sie gestern in einer Bar kennengelernt und zu mir nach Hause eingeladen. Sie wissen ja, wie das ist, da fragt man nicht lange nach Namen. Sie hat diese Bude gesehen und wollte, bevor es ins Bett ging, sich noch anderweitig sportlich betätigen. Ich habe mich umgezogen, und als ich wieder reinkam, hatte sie sich hinter der Tür versteckt und mir mit einer Eisenstange in die Eier geschlagen. Dann hat das Miststück mir noch einen über den Kopf gezogen, ab dann weiß ich nichts mehr", erklärte Marlon.

„Sie können die Dame sicherlich beschreiben, aber dazu später. Zu welcher Uhrzeit ist das passiert?"

„So gegen zehn würde ich sagen."

„Sie scheinen ja einen ausgeprägten Überwachungsdrang zu haben Herr Kreuzer", stellte Bachmeyer fest, wobei er auf die Monitore zeigte.

„Mein Vater hat hochentwickelte teure Geräte in seinem Labor und es befinden sich wertvolle Kunstgegenstände im Haus, da hat man schon gerne mal alles im Blick."

„Gibt es Aufnahmen von gestern Nacht?"

„Nein, die Kameras übertragen nur, zeichnen aber nichts auf."

„Macht das Sinn?"

„Für unsere Zwecke reicht`s Herr Kommissar!"

„Ich muss ihnen leider mitteilen, dass sie in der vergangenen Nacht nicht das einzige Opfer einer Gewalttat waren Herr Kreuzer. Wir haben drei Leichen in ihrem Haus aufgefunden, darunter ist leider auch ihr Vater. Tut mir sehr leid Marlon."

Marlon sah den Mann, von dem er schon mal verhaftet wurde, entgeistert an: „Wie meinen sie das, mein Vater ist tot? Und wer sind die anderen beiden?

„Das eine Opfer ist Doktor Sobich, die Identität des anderen müssen wir noch überprüfen. Diese beiden Männer wurden erschossen. Die Todesursache ihres Vaters ist etwas grausamer", versuchte Bachmeyer zu erklären.

„Was hat man ihm angetan?", wollte Marlon wissen.

„Ihm wurde der Kiefer auseinandergebrochen und der Hals durchbohrt."

Marlon schien sichtlich entsetzt zu sein. Sein Gesicht wurde leichenblass. Leicht schwankend ging er zur Hantelbank und setzte sich.

„Wer macht sowas? Haben sie schon eine Spur?"

„Abgesehen von der Frau, die sie niedergeschlagen hat, haben wir keinerlei Hinweise auf den Täter. Die Spurensicherung wird noch einige Stunden brauchen, um alle verwertbaren Details zu sichern. Sie sollten sich erst mal vom Sanitäter behandeln lassen und sich dann für weitere Fragen zur Verfügung halten. Ich muss jetzt wieder nach unten, da die Leichen abgeholt werden“, sagte Bachmeyer und verließ den Raum.

Der zweite Polizist folgte Bachmeyer. Marlon war allein, nicht weil die Männer den Raum verlassen hatten, nein, weil sein Vater ihn verlassen hatte, für immer. Sein verhasster Vater, den er dennoch geliebt hatte, hinterließ einen gedemütigten Sohn. Die Schmerzen in Marlons Kopf verflogen, wurden von einem anderen Gefühl verdrängt.

Marlon blickte ins Leere und sann auf Rache.

Begegnungen

In der Wohnung roch es muffig. Die Blumen hingen vertrocknet in den Töpfen. Dianas Befürchtung, dass zwischenzeitlich jemand eingedrungen war, bewahrheitete sich nicht. Sie packte schnell eine Reisetasche mit Kleidung voll, worin sie auch noch ihr geliebtes Fotoalbum verstaute. Dann entleerte sie eine Blechbüchse, in der sie immer eine eiserne Reserve an Bargeld aufbewahrte. Anschließend öffnete sie eine Kommode, die im kleinen Korridor stand, und fand die Bankkarte an ihrem angestammten Platz vor. Sie steckte die Karte in ihre Handtasche, die an der Garderobe hing. Diana sah sich noch einmal um, überlegte, ob sie noch irgendetwas vergessen hatte. Da ihr nichts mehr einfiel, verließ sie die Wohnung, und eilte zum Auto, wo Nick auf sie wartete. Glücklicherweise begegnete sie keinen von ihren Nachbarn. Erleichtert startete sie den Wagen und fuhr zurück nach München.

Die Großstadt bot ihnen Deckung. Sie stellten das Auto in einem Parkhaus ab und begaben sich in die Fußgängerzone. Hier fiel das ungleiche Paar niemandem auf. Unbehelligt tätigten sie ihre Einkäufe. Nick wurde von oben bis unten neu eingekleidet. Er suchte sich die Sachen selber aus und bewies einen guten Geschmack. Der junge Indianer sah in den neuen Klamotten richtig gut aus. Dies hatte augenscheinlich auch eine junge Verkäuferin bemerkt, die sich lange und angeregt mit

Nick unterhielt. Diana hantierte desinteressiert an einem Kleiderständer und beobachtete die beiden. Sie lachten viel. Diana hatte Nick schon seit Tagen nicht mehr so freudig erlebt. In ihr keimte ein Hauch von Eifersucht auf. Sie liebte den Jungen wie ihren eigenen Sohn und sah ihn nach wie vor als solchen an, doch das Gefühl Ihrer Zuneigung veränderte sich auf seltsame Art und Weise. Sie war froh, als sie sah, wie sich das junge Mädchen von Nick verabschiedete.

„Na, hast du dich gut unterhalten?", fragte Diana neugierig, als Nick sich neben ihr an den Kleiderständer gesellte.

„Ja, sie ist sehr nett und wir haben uns für heute Abend verabredet", gestand Nick.

Diana bekam vor lauter Staunen erst keinen Ton heraus: „Das geht aber nicht, wir müssen…"

„Ich treffe mich nachher mit ihr Diana", unterbrach er sie mitten im Satz, „wir wollen zusammen etwas trinken und miteinander plaudern, ohne dich okay."

„Wenn du meinst", erwiderte Diana, die sich für den Moment hintergangen fühlte.

Wortlos schlossen die beiden ihre Einkäufe ab. Sie besorgten für Nick noch zwei paar Sandalen und stillten ihren Hunger an einem Straßenimbiss.

„Nick, wir dürfen nicht zu viel riskieren. Ich weiß, dass du die Freiheit suchst, aber wir sind nicht frei, wir fliehen vor etwas, was wir nicht wirklich kennen. Wir können unsere prekäre Situation nicht einfach ignorieren, weil wir nicht wissen, was uns erwartet. Dein Bedürfnis, etwas ohne mich zu unternehmen, kann ich gut verstehen, aber bitte nicht zu lange. Können wir uns auf zwei Stunden einigen? In der Zeit suche ich ein Hotel für die Nacht. Ist das okay für dich?", flehte Diana Nick fast an.

„Ist gut, ich möchte, wie du schon sagst, nur mal Zeit für mich haben, und mich mit jemand ungezwungen unterhalten, mehr möchte ich nicht. Dass wir in Gefahr sind, ist mir durchaus bewusst, deshalb sind zwei Stunden mehr als genug, wenn man bedenkt, dass es ein ganzer Monat meines Lebens ist", sagte Nick und willigte somit Dianas Vorschlag ein.

Das Mädchen hieß Johanna. Sie trafen sich wie vereinbart in einem Café, wo sie warmen Kakao bestellten, und sich über Gott und die Welt unterhielten, eine Welt, die Nick bislang nur aus Büchern und Zeitschriften kannte. Dennoch führte er das Gespräch, indem er viele Fragen stellte. Manche seiner Fragen empfand Johanna als selbstverständlich, worauf er sie dann mit einem Scherz ins Lächerliche zog und somit seine Unwissenheit vertuschte. Von daher hatten die beiden Teenager viel zu lachen. Nick genoss die Zeit mit dem Mädchen, fühlte sich wohl wie nie zuvor. Er war richtiggehend traurig, als er sich nach zwei Stunden von ihr verabschieden musste. Ebenso konnte er ihr ein Wiedersehen nicht versprechen, woraufhin sie ihm ihre Handynummer aufschrieb. Johanna stand auf, gab ihm einen Kuss auf die Wange, und verschwand in der Menschenmenge, die sich durch die Fußgängerzone schlängelte. Nick ging zum Treffpunkt, wo Diana bereits auf ihn wartete.

Gemeinsam gingen sie zu Fuß zum Hotel. Marlons Wagen wollten sie einfach in dem Parkhaus stehen lassen. Diana hatte ein Doppelzimmer mit getrennten Schlafräumen gebucht. Nick fand anfänglich nicht in den Schlaf, doch dann riss ihn die Müdigkeit in einen schönen Traum. Er träumte von Johanna und der erotische Traum mündete in seinem ersten Samenerguss.

Am folgenden Tag fuhr Diana mit Nick zu ihrer jüngeren Schwester. Zuvor buchte sie mit der Bankkarte das Guthaben ihres Kontos ab. Das Geld sollte für eine Weile reichen. Sie nahmen einen Linienbus, um in den Außenbezirk von München zu gelangen. Das Haus ihrer Schwester befand sich nicht weit entfernt von der Haltestelle. Obwohl Diana schon lange nicht mehr hier war, kannte sie den Weg durch das Nobelviertel noch ganz genau. Diana hatte nach der Beerdigung ihres Mannes den Kontakt zu Corinna abgebrochen. Als sie nach dem tödlichen Unfall vor dem Nichts stand, konnte sie den erfolgreichen und glücklichen Lebensumstand ihrer Schwester nicht mehr ertragen. Wo sie in Selbstmitleid versank, schwelgte Corinna im Glück. Sie hatte einen erfolgreichen Mann an Ihrer Seite und baute sich eine Karriere als Modedesignerin auf, während Dianas Glück unter der Erde lag. Sie hatten sich nicht zerstritten, einige Telefonate aufrechterhalten, aber die entstandene Distanz war nicht wegzuleugnen.

Corinna bewohnte das Haus zusammen mit ihrem Lebensgefährten Peter seit drei Jahren. Sie hatte Angst vor der Begegnung, deshalb fielen ihr die letzten Schritte enorm schwer. Als sie mit Nick vor der Eingangspforte stand, pochte ihr Herz bis zum Hals. Sie drückte den Klingelknopf.

„Ja, wer ist da?"

„Ich bin`s, Diana. Ich würde gerne mit dir reden!"

Der Summer wurde betätigt und Diana schob die Pforte auf.

Corinna trat aus dem Haus und kam Diana mit offenen Armen entgegen.

„Schwesterherz, welch eine Überraschung. Komm lass dich drücken!"

Mit solch einer überschwänglichen Begrüßung hatte Diana nun wahrlich nicht gerechnet. Sie ließ sich drücken und erwiderte die freundliche Umarmung. Corinna reichte Nick die Hand: „Und wer bist du?"

„Ich bin Nick, ein guter Freund", antwortete er lächelnd.

„Kommt, lasst uns reingehen. Ich koche uns einen Kaffee."

Sie folgten Corinna ins Haus. Sie setzte gleich den Kaffee auf und bot ihren unerwarteten Gästen Platz in der Küche an.

„Was führt dich zu mir Diana? Du hast ja lange nichts mehr von dir hören lassen."

„Ich weiß, tut mir auch leid, dass ich mich so abgekapselt habe. Ich musste zu mir selbst finden. Nach Rainers Tod bin ich in ein tiefes Loch gefallen und hatte geglaubt, dass ich mich alleine daraus befreien kann. Vielleicht war es ein Fehler, aber letztendlich habe ich es geschafft und neuen Lebensmut gefunden. Jetzt ist aber der Zeitpunkt gekommen, wo ich Hilfe brauche, Corinna, deine Hilfe."

„Was kann ich für dich tun Schwester, keine falsche Scheu, nur raus damit", forderte Corinna ihre um zwei Jahre ältere Schwester auf.

„Ich weiß nicht, wie ich es dir erklären soll, aber wir werden verfolgt, das glauben wir zumindest. Es sind schlimme Dinge in den letzten Tagen vorgefallen. Keine Angst, wir haben nichts verbrochen, trotzdem kann es sein, dass wir von der Polizei gesucht werden. Es geht vor allen Dingen um Nick. Nick ist ein besonderer Junge und es gibt jemanden, der etwas von ihm will. Vermutlich sucht er nach dem Jungen, um ihn zu töten, wir wissen es nicht wirklich. Nick und ich haben die brutale Vorgehensweise dieses Mannes hautnah miterlebt und konnten im letzten Moment vor ihm fliehen. Kurz gesagt, wir müssen untertauchen, dabei habe ich an dich gedacht Corinna. Könnten wir für ein paar Tage bei dir unterkommen?", fragte Diana kleinlaut.

„Was ist denn an Nick so besonders?", fragte Corinna, wobei sie den langhaarigen Jungen ansah.

„Ich kann dir das nicht alles erklären, aber wenn wir bleiben dürfen, wirst du es eh erkennen. Nick altert unverhältnismäßig schnell. Ein dubioser Wissenschaftler hat ihn untersucht, aber kein Mittel gefunden, um den Alterungsprozess zu verlangsamen. Nun ist der Mann tot, getötet von dem, der nach uns sucht", erklärte Diana.

„Was hast du damit zutun? Wie bist du da herein geraten?", fragte Corinna sichtlich von dem Gehörten beeindruckt.

„Ich war bei Nicks Geburt dabei und seitdem nicht von seiner Seite gewichen", betonte Diana.

„Wie alt ist der Junge, wenn ich mal fragen darf?"

„Zweieinhalb Wochen!"

„Oh Mann, da tischt du mir aber eine Geschichte auf, aber ich glaube dir Schwester, so einen Irrsinn kann man sich nicht ausdenken."

„Dürfen wir ein paar Tage bei dir bleiben, Corinna? Ich glaube nicht, dass man unserer Spur hierher folgen konnte. Ich hoffe, sie werden uns nicht so schnell in Verbindung mit dir bringen, da du immer noch Martens heißt und ich Rieschel. Was meinst du?"

„Natürlich könnt ihr bleiben. Ich bin momentan sowieso alleine im Haus. Peter ist noch mindestens für eine Woche in London auf einem Kongress. Oben stehen zwei Zimmer leer, die ihr beziehen könnt. Alles kein Problem."

„Vielen Dank kleine Schwester", sagte Diana, stand auf und drückte Corinna fest an sich.

„Ich danke auch vielmals", mischte Nick sich ein.

Diana und Nick verlebten die nächsten Tage ohne Zwischenfälle. Corinna sah das Geheimnis des Jungen und glaubte.

***

Falcao recherchierte im Internet über Richard Kreuzer, dabei fand er heraus, dass der Wissenschaftler auf dem Anwesen mit seinem Sohn zusammengelebt hatte. Marlon Kreuzer war auch kein unbeschriebenes Blatt. Mehrere Berichte wiesen auf seine Konflikte mit dem Gesetz hin. Der alte Kreuzer hatte immer wieder seine weitgefächerten Beziehungen spielen lassen und seinen Sohn aus den Fängen der Staatsanwaltschaft befreit. Nun war Marlons Beistand tot. Vielleicht benötigte der junge Mann neue Unterstützung. Falcao wollte ihm seine Hilfe anbieten.

***

Die plötzliche Stille empfand Marlon als bedrückend. Zuvor hatten mehr als zehn Beamte das ganze Haus durchsucht, nun war die komplette Mannschaft abgezogen und er allein. Schlimmer als das Alleinsein, war die Unwissenheit, die in ihm herrschte. Drei Menschen wurden in diesem Gebäude getötet und er wusste von nichts. Wer war für die Tat verantwortlich? Feinde hatten sie genug, aber wem konnte man solch eine brutale Vorgehensweise zutrauen? Waren die Frau und der Junge zu so etwas fähig? Marlon beschloss alles daran zu setzen, um Antworten auf diese Fragen zu finden. Er selbst wurde, nachdem man ihn verarztet hatte, ein zweites Mal von Bachmeyer befragt. Er konnte eindrucksvoll alle Verdachtsmomente, die man ihm anhaftete, widerlegen. Seine Widersacherin hatte er bewusst als klein, zierlich, mit kurzen blonden Haaren beschrieben, was natürlich nicht der Wahrheit entsprach. Marlon hatte bewusstlos in dem Geräteraum gelegen und von den Geschehnissen um ihn herum nichts mitbekommen. Nun saß er allein in der geräumigen Küche, dachte angestrengt nach, und kühlte seine Hoden. Er würde dieses miese Miststück finden, die ihm das angetan hatte. Sie würde ihm erzählen, was in der Nacht vorgefallen war, und anschließend um Gnade wimmern.

Breitbeinig ging Marlon zur Hausbar, um eine Flasche Wodka aus dem Kühlfach zu holen. Unbeholfen nahm er die Stufen nach oben, legte sich auf sein Bett und betrank sich. Nachdem er die halbe Flasche getrunken hatte, linderte sich der Schmerz, woraufhin er dann einschlief.

Leicht verkatert musste er am nächsten Morgen mit Entsetzen feststellen, dass sein Revolver verschwunden war. Ein Grund mehr, die Frau und den Jungen zur Rede zu stellen. Er hatte sich schon gewundert, warum er von den Polizeibeamten nicht auf die Waffe angesprochen wurde. Marlon stellte sich unter die Dusche, um den Kater abzuspülen. Anschließend fuhr er mit dem Wagen seines Vaters nach seinem Kumpel Jimmy. Wie nicht anders zu erwarten, hatte Jimmy immer ein paar Schießeisen vorrätig. Marlon entschied sich wieder für einen kleinen Revolver, den er mit seinen speziellen Kugeln laden konnte. Auf dem Rückweg machte er vor dem Klinikum halt. Eigentlich hatte er sich vorgenommen hinein zu gehen, um einige Auskünfte über Diana Rieschel einzuholen. Er verwarf dieses Vorhaben, als er sah, wie zwei Beamte der Kripo das Gebäude betraten. Frustriert machte er sich auf den Weg nach Hause.

Enttäuscht stellte er fest, dass es auch im Internet keine verwertbaren Informationen über Diana Rieschel gab. Er würde sich in Geduld hüllen und abwarten müssen.

Zwei Tage später klingelte es am Hoftor. Marlon, der gerade trainierte, ging zur Sprechanlage. Auf dem Monitor sah er einen dunkelhäutigen, kahlköpfigen Mann.

„Was wollen sie?", sprach er in das funkgesteuerte Gerät.

„Mit Marlon Kreuzer reden", lautete die Antwort.

„Worüber?"

„Über die Frau und den Jungen!"

„Wer sind sie überhaupt?"

„Der Vater des Jungen. Wenn sie das Tor nicht öffnen, finde ich einen anderen Weg, um reinzukommen", drohte Falcao.

Der Summer wurde betätigt und das Tor schwang nach innen auf. Falcao setzte sich wieder auf das Motorrad und fuhr bis zum Hauseingang vor. Ein gedrungener, kräftig aussehender Mann, öffnete die Tür.

„Sie sind Marlon Kreuzer?"

„Ja, und wer sind sie?", wollte Marlon wissen.

„Wie schon erwähnt, ich bin der Vater von Nick. Ich bin auf der Suche nach meinem Sohn und der Frau, die ihn verschleppt hat. Ich weiß von den Morden, die in diesem Haus passiert sind, die Zeitungen und das Web sind voll mit Berichten über diese Nacht. Bei den Meisten handelt es sich um Spekulationen. Nirgends werden die Frau und der Junge erwähnt."

„Woher wollen sie wissen, dass die beiden hier waren?", fragte Marlon, der den Mann noch nicht richtig taxieren konnte.

„Von Doktor Sobich, dem perversen Freund ihres Vaters. Ich habe ihm mit seinem abartigen Hobby etwas unter Druck gesetzt. Sie glauben gar nicht, wie gesprächig der Mann dann geworden ist. Zu meinem Bedauern musste ich lesen, dass der arme Kerl zu den drei Mordopfern in jener Nacht gehörte. Ich könnte mir vorstellen, dass sie Interesse daran haben, den Mörder ihres Vaters zu finden. Ich suche nach der Frau, die meinen Sohn entführt hat. Vielleicht suchen wir beide ja auch ein und dieselbe Person, wenn sie verstehen, was ich meine. Ich würde vorschlagen, wir arrangieren uns und machen uns gemeinsam auf die Suche. Was halten sie davon Marlon?"

„Ich weiß doch gar nicht, wer sie sind!"

„Mein Name ist Falcao Mashego, ich hatte mit Nicks Mutter ein Verhältnis, sie wurde schwanger und hat diesen ungewöhnlichen Jungen geboren. Ich weiß von seiner Abnormität und will ihm dabei helfen den schnellen Alterungsprozess zu stoppen. Sobich hat mich aufgeklärt und ich kenne jemanden in Südafrika, der

Nick wohlmöglich mit seiner ureigenen Behandlungsmethode heilen kann. Was ist jetzt, helfen wir uns gegenseitig oder nicht?"

Marlon überlegte kurz, meinte dann: „Ich hoffe für sie, dass ich ihnen vertrauen kann. Wenn nicht, jage ich ihnen eine Kugel in den Kopf." Marlon zog aus seinem hinteren Hosenbund den neuerworbenen Revolver und richtete ihn auf Falcaos Gesicht.

„Das ist ein Deal", sagte Falcao unbeeindruckt und reichte Marlon die Hand. „Jetzt nimm die Knarre runter, damit wir ins Haus gehen können. Wir haben jede Menge zu besprechen."

Falcao hatte einen Partner gefunden.

Die Prophezeiung

Während der Zeit bei Dianas Schwester Corinna reifte Nick zum Mann heran. Sein Gesicht wurde kantiger, der Bartwuchs voller. Er wuchs nicht weiter in die Höhe, sondern in die Breite. Es bildeten sich starke Muskeln, obwohl Nick in keinster Weise dafür trainierte. Binnen weniger Tage war Nick zu einem großen, kräftigen Mann gereift, der zudem noch gut aussah. Dies schien auch Corinna nicht verborgen geblieben zu sein. Sie beobachtete Nick genau und war von ihm fasziniert. Zunächst hatte sie die Geschichte der beiden nicht glauben können, doch als sie bemerkte, wie schnell sich der Junge entwickelte, war sie überzeugt von dem, was ihr erzählt worden war. Aber der Junge war mehr als nur außergewöhnlich, er strahlte etwas Besonderes aus, etwas, was sie deutlich spüren, aber nicht greifen konnte. Corinna überlegte, ob sie seine Gedanken auf einem spirituellen Weg erreichen könnte. Sie würde die Götter fragen müssen.

Diana und Corinna näherten sich auf normalem Wege, indem sie ein langes, versöhnliches Gespräch führten. Diana konnte ihrer jüngeren Schwester plausibel verdeutlichen, warum sie sich nach Rainers Tod zurückgezogen hatte. Corinna war nicht nachtragend und erzählte ihrerseits von den Problemen, die sie mit Peter hatte. Da er viel auf Reisen war, entfernten sie sich immer mehr voneinander. Ihre Zweisamkeit hatte nach glücklichen Zeiten einen Bruch erlitten. Beide lebten für den Job und nicht füreinander, was Corinna mitunter sehr traurig stimmte. Sie unterhielten sich auch lange über Nick und den Vorfällen, die um ihn herum geschehen waren. Corinna folgte Dianas Schilderungen mit großem Interesse. Nach den ernsten Themen stießen sie mit einem Glas Wein an und schwelgten anschließend in der Vergangenheit. Lustige Anekdoten aus gemeinsamen vergangenen Tagen und der Wein ließen die Stimmung steigen.

Eines Abends, die Sonne versank langsam am Horizont, saßen Diana und Nick auf der Terrasse und lauschten dem Gezwitscher der Vögel. Ein entspannter Tag ging zu Ende. Nick beobachtete durch das bodentiefe Wohnzimmerfenster, wie Corinna drinnen einen dunklen Teppich ausbreitete und sich im Schneidersitz darauf niederließ. Sie legte ihre Hände auf den Unterschenkeln ab, reckte den Kopf in die Höhe und starrte gehobenen Hauptes aus dem Fenster nach draußen. Nick wendete seinen Blick ab.

„Was macht Corinna da im Wohnzimmer?", wollte er von Diana wissen.

Diana sah sich einmal um: „Corinna meditiert. Sie hat schon immer einen Hang zum Spirituellen gehabt. Bereits als Kind interessierte sie sich für mystische Geschichten und hat Fantasy Romane verschlungen. Unsere Eltern fanden das manchmal gar nicht lustig, weil sie dabei die Schule vernachlässigte. Corinna glaubte an diese Geschichten, sie war felsenfest davon überzeugt, dass es diese Fantasy Wesen aus den Büchern wirklich gab. Später ist sie dann zu Wahrsagern gegangen, um zu erfahren, was in der Zukunft passieren wird. Karten, Pendel, Kugel, Handlesen, die ganze Palette hat sie durchgezogen. Dann fing sie an zu meditieren. Sie behauptet mit irgendwelchen Göttern in Kontakt treten zu können, die sie dann inspirierten. Diese Inspirationen lässt sie dann in ihre Mode einfließen. Sie hat schon sehr skurrile Sachen entworfen, die ich nie und nimmer anziehen würde, aber der Erfolg gibt ihr Recht. Man muss sie einfach so nehmen wie sie ist Nick", beschloss Diana ihre kurze Ausführung über Corinnas sonderbare Neigung.

Als Nick am nächsten Morgen in die Küche kam, hatte Corinna den Frühstückstisch bereits gedeckt. Diana lag noch im Bett, so waren die beiden unter sich.

„Hast du gut geschlafen Nick?", begrüßte Corinna den jungen Mann.

Er sah noch etwas verwegen aus, weil er seine morgendliche Maniküre noch nicht vollzogen hatte. Auch der Bart war nicht gestutzt und sah somit ungepflegt aus.

„Ja, schlafen kann ich meistens ganz gut, obwohl ich nicht viel Schlaf brauche. Bei mir ist es eher ein Ruhen mit eingeworfenen Schlafphasen, die mich einfach so überkommen. Häufig bin ich in der Nacht auch stundenlang wach und lese", erklärte Nick.

„Und, wie geht es dir sonst, fühlst du dich wohl, oder bedrückt dich irgendetwas?"

„Bedrücken tut mich schon einiges, mein Kopf ist voller Gedanken, die ich verarbeiten muss. Sie unterdrücken mich, sie lassen mich hoffen, sie bestimmen über mein Wohlbefinden. Ansonsten geht es mir gut. Ich versuche die Zeit, die mir bleibt, zu genießen. Vorher war das kaum möglich gewesen, aber die letzten Tage hier bei dir fühle ich mich ausgezeichnet."

„Das ist schön zu hören Nick. Da wir jetzt unter uns sind, möchte ich dir ein Geheimnis verraten. Es geht um eine Erscheinung, die ich gesehen habe. Es geschah vor zwei Jahren, als wir gemeinsam mit Diana und Rainer im Ski Urlaub waren. Es war ein wunderschöner Tag. Wir sind stundenlang bei strahlend blauem Himmel durch den Schnee gefahren. Abschließend haben wir einige Fotos geschossen, dabei habe ich es dann gesehen. Am Himmel, hoch über den Bergen habe ich die Erscheinung bemerkt. Sie war klein und doch so groß und mächtig. Ich konnte die Aura der Erscheinung spüren, eine abgrundtiefe, böse Aura. Trotz der Kälte wurde mir warm, fast so, als würde ich innerlich verglühen. Plötzlich war die Erscheinung wieder verschwunden, so als hätten die Gipfel der Berge sie verschluckt. Das Glühen entwich, mir wurde kalt, bitterkalt. Ich zitterte am ganzen Körper, konnte die Kamera kaum noch festhalten. Das Böse zog sich zurück und ich erschauderte, als das Höllenfeuer aus meinem Körper verschwand. Ich wünschte mir die Wärme des Guten wieder zurück."

„Was hast du denn gesehen?", unterbrach Nick.

„Ich weiß es nicht", meinte Corinna, „es war so weit weg, klein aber in Wirklichkeit gewaltig. Es stammte nicht von dieser Welt. Ich habe es mehr gespürt als gesehen. Seitdem du hier bei mir bist Nick, denke ich ständig an diesen Tag. Auch dich umhüllt eine Aura, die ich nicht deuten kann. Es ist nichts Böses, aber du hast etwas in dir, was auch nicht von dieser Welt ist. Gestern Abend habe ich die Götter um Rat gebeten. Diana hat dir sicherlich erzählt, dass ich eine Spinnerin bin, die an diesen schwachsinnigen Hokuspokus glaubt. Manchmal denke ich auch, es ist alles nur Einbildung, meiner blühenden Phantasie entsprungen, aber dem ist nicht so Nick. Ich glaube. Ich kann mit fremden Wesen aus fremden Welten in Kontakt treten. Ich habe damals nach Erklärungen gesucht, aber niemand konnte mir die Bedeutung der wundersamen Erscheinung erklären. Die Götter waren genauso ahnungslos wie ich. Nun habe ich sie gebeten, mir dabei zu helfen, deine Aura zu brechen. Ich möchte dich nicht ausspionieren, nein, ich habe gehofft, tief in dein Inneres vordringen zu können. Ich habe die Hoffnung gehegt, eine erklärbare Lösung für dein Problem zu finden, welches dich so sehr belastet. Ich erzählte den Göttern des Himmels von dir, berichtete von dem Übel, das dir anhaftet, davon, dass ich in deiner Gegenwart immerzu an das Bildnis über den Bergen denken muss. Ich wartete auf Hilfe, hoffte auf einen spirituellen Kontakt. Nichts, ich wurde nicht erhört. Ich wollte meine Sitzung gerade beenden, konzentrierte meinen Blick ein letztes Mal auf dich, dann wurdest du gesehen. Ein weiser Gott des Lichtes sah dich durch meinen Augen. Er las meine Gedanken, die immer wieder an das Phänomen über den Bergen dachten. Aber er sah noch mehr, er sah eine Verbindung zwischen dir und dem sonderbaren Ereignis. Er schickte mir eine Botschaft für dich, mehr noch, der ehrenwerte Mann des Himmelreichs nannte es eine Prophezeiung."

Corinna redete wie in Trance, sie schien sich wieder in einer anderen Welt zu befinden. Sie blickte Nick mit demütigen Augen an.

„Was hat der weise Mann gesagt?", fragte Nick, der Corinna fasziniert zugehört hatte.

„Gehe auf den Berg und trinke den Saft des Lebens!"

„Gehe auf den Berg und trinke den Saft des Lebens?", wiederholte Nick, „was bedeutet das Corinna? Was für ein Berg? Welchen Saft des Lebens? Ich verstehe die Bedeutung dieser Botschaft nicht!"

„Du wirst es wissen, wenn es soweit ist, Nick. Denke an die Prophezeiung und glaube!"

Diana kam in die Küche. Sie sah noch sehr verschlafen aus.

„Guten Morgen. Erzählt meine kleine Schwester schon am frühen Tage von ihren Fantasy Märchen", meinte sie mit einem verschmitzten Lächeln im Gesicht.

Corinna sah Nick an und legte ihren Zeigefinger vor die Lippen.

Die folgenden Tage verliefen äußerst harmonisch. Diana und Nick wirkten entspannt und sammelten neue

Kräfte. Corinna hockte sich jeden Abend auf ihren dunklen Teppich und blickte in ferne Welten. Nick erfuhr von ihr jedoch keine neuen Informationen. Er wusste immer noch nicht, ob er ihrer Geschichte Glauben schenken konnte. Vielleicht waren es doch nur Hirngespinste, der netten aber leicht verrückten Frau.

Peter meldete sich aus London und verkündete zu Corinnas Bedauern, das er noch einige Tage länger bleiben musste. Sie nahm es gelassen hin, hatte mit einem Anruf dieser Art schon gerechnet.

Sie saßen gemeinsam am Mittagstisch, als es an der Hauspforte klingelte. Diana blickte verstohlen aus dem Fenster.

Vor der Tür stand Marlon.

***

Falcao und Marlon verstanden sich auf Anhieb gut. Beide waren mit Problemen behaftet, die es zu bewältigen galt. Bei einem gemeinsamen Bier erörterten sie die vergangenen Ereignisse.

„Diana Rieschel muss den Mörder meines Vaters gesehen haben. Vielleicht ist sie es auch gewesen, die ihn umgebracht hat. Sie ist es, die wir zuerst finden müssen", prognostizierte Marlon abschließend.

„Das sehe ich genauso", pflichtete Falcao bei, der froh war, als er von Marlon erfahren hatte, dass das Überwachungssystem keine Bilder aufzeichnete.

„Ich muss kein Prophet sein, wenn ich behaupte, dass die Polizei nach einem schwarzen Riesen ohne Haare sucht. Du wirst oben auf der Fahndungsliste stehen, weil du kurz vor der Tat bei Sobich warst. Dafür gibt es mit Sicherheit Zeugen. Ich würde vorschlagen, dass du für eine Weile die Füße stillhältst und mir den Rest überlässt. Ich warte zunächst noch ein paar Tage ab, bis sich die ersten Wogen geglättet haben. Wenn ich die kleine Schlampe ausfindig gemacht habe, melde ich mich bei dir, dann sehen wir weiter", schlug Marlon vor.

„Du wirst ihr kein Haar krümmen, ist das klar. Wenn doch, knipse ich dir das Licht aus", drohte Falcao.

„Keine Sorge, die Frau gehört dir", versprach sein Gegenüber.

Die beiden Männer leerten ihr Bier, dann verabschiedete sich Falcao von seinem neuen Freund.

Marlon ließ einige Tage verstreichen, dann traf er sich mit Sobichs Sekretärin. Sie hatte wundersamerweise nichts gegen ein Treffen einzuwenden. Marlon lud sie zum Essen ein, wo sie dann recht gesprächig war. Letztendlich hatte Marlon nur Rieschels Adresse in den Händen, mit mehr Informationen konnte sie nicht dienen. Auch über die polizeilichen Ermittlungen im Klinikum hüllte sie sich in Schweigen. Marlon überlegte kurz, ob er sie zu sich nach Hause einladen sollte, verwarf den Gedanken dann aber wieder. Er wollte keine schlafenden Hunde wecken und die Aufmerksamkeit der Kripo auf sich ziehen, indem er mit der Vorzimmerdame des ermordeten Chefarztes ins Bett stieg. Er gab sich mit dem zufrieden, was er hatte.

Am nächsten Tag suchte er Diana Rieschels Wohnung auf. Geschickt knackte er das Türschloss und konnte daraufhin unbehelligt eindringen. Marlon trug Handschuhe und durchsuchte die Wohnung von oben bis unten. Er fand nichts Verwertbares. Kein Adress- oder Telefonbuch, was auf einen näheren Bekanntenkreis schließen könnte. Einige Fotos fielen ihm in die Hände, mit denen er aber nichts anfangen konnte. Enttäuscht verließ er die Wohnung so, wie er sie vorgefunden hatte. Marlon setzte sich ins Auto und beobachtete die Umgebung. Eine alte Dame fiel ihm auf, die mit zwei Einkaufstüten in den Händen auf das Nachbargrundstück einbog. Marlon stieg aus und fing die Frau vor der Haustür ab. Er stellte sich als Versicherungsmakler vor und gab an, dass er dringend mit Frau Rieschel sprechen müsse.

Die Nachbarin entpuppte sich als offenes Buch.

So erfuhr Marlon von einer jüngeren Schwester Namens Corinna Martens, die zusammen mit ihrem Freund in einem Außenbezirk Münchens wohnte.

Die genaue Adresse herauszufinden, stellte sich als kein allzu großes Problem dar.

Am nächsten Tag stand Marlon vor Corinnas Hauspforte und klingelte.

∗∗∗

„Das ist Marlon", stellte Diana erschrocken fest.

„Versteckt euch im Gartenhaus, ich versuche, ihn abzuwimmeln."

Derweilen Diana mit Nick durch die Hintertür in den Garten flüchtete, ging Corinna vorne aus dem Haus, um mit dem ungebetenen Gast zu reden.

„Guten Tag. Was kann ich für sie tun?"

„Sind sie Corinna Martens, die Schwester von Diana Rieschel?", wollte der nervös wirkende Mann wissen.

„Die bin ich."

„Darf ich reinkommen, ich würde gerne mit ihnen über Diana sprechen?", fragte Marlon, der immer noch auf dem Bürgersteig vor verschlossener Pforte stand.

„Das können wir auch hier draußen erledigen, weil es von meiner Seite diesbezüglich nicht viel zu sagen gibt!"

„Ich bin ein guter Freund ihrer Schwester und mache mir Sorgen um sie. Sie ist seit über zwei Wochen verschwunden, wie vom Erdboden verschluckt. Auch telefonisch kann ich sie nicht erreichen. Ich habe mir gedacht, vielleicht wüssten sie…."

„Ich wusste gar nicht, dass Diana Freunde hat", fiel Corinna Marlon ins Wort, „ich habe seit fast einem Jahr keinen Kontakt mehr zu ihr. Sie hat sich nach dem Tod ihres Mannes völlig zurückgezogen. Ich habe ihr meine Hilfe angeboten, was sie rigoros abgelehnt hat. Seitdem habe ich nichts mehr von ihr gehört und will es auch nicht mehr. Von daher kann ich ihnen zum Verbleib meiner Schwester keine Auskunft geben. Jetzt müssen sich mich bitte entschuldigen, da ansonsten mein Mittagessen anbrennt. Ich wünsche ihnen noch einen schönen Tag und grüßen sie Diana von mir, wenn sie sie gefunden haben", ließ Corinna verlautbaren, drehte sich dann ab, und ging zurück ins Haus.

Aus dem Fenster beobachtete sie erleichtert, wie der Mann in sein Auto stieg und davonfuhr.

Corinna wartete noch einige Minuten ab, dann holte sie Diana und Nick aus dem Gartenhaus.

„Was wollte er?", fragte Diana sofort.

„Er hat nach dir gefragt. Ich habe ihm erzählt, dass ich dich seit einem Jahr nicht mehr gesehen habe, dann bin ich zurück ins Haus und er ist gefahren", berichtete Corinna.

„Hat er dir geglaubt?"

„Fürs Erste hat er sich mit meiner Auskunft zufriedengegeben, was aber nicht so bleiben muss. Ich könnte mir durchaus vorstellen, dass er nochmal wiederkommt."

„Marlon ist gefährlich, vielleicht wäre es besser, wenn wir die Polizei verständigen…"

„…und damit die Spur auf euch lenken. Nein Diana, ihr seid wegen Mordes verdächtigt und was wir aus Nick? Soll er den Rest seines Lebens in Untersuchungshaft verbringen?" Sie sah den jungen Mann an: „Entschuldige bitte. Ich glaube, es ist besser, wenn ihr von hier verschwindet und euch an einem anderen Ort aufhaltet."

„Wo sollen wir denn hin Corinna?"

„Peter und ich haben vor einem halben Jahr ein Ferienhaus im Allgäu gekauft. Davon weiß eigentlich niemand etwas, dort wäret ihr sicher. Du kennst dich in der Gegend einigermaßen aus Diana, was auch von Vorteil sein könnte. Das Haus befindet sich ganz in der Nähe von dem Dorf, wo wir damals während unserem Skiurlaub übernachtet haben. Die Landschaft dort ist so herrlich, dem konnten wir nicht wiederstehen, als uns das Häuschen angeboten wurde. Das Ferienhaus ist komplett eingerichtet. Euch wird es an nichts fehlen. Ich gebe dir die Schlüssel, dann könnt ihr bleiben, solange es nötig ist. Was meint ihr?"

Die beiden nickten einander zustimmend zu.

„Du bist ein Schatz Schwesterherz, ich weiß gar nicht, wie ich das jemals wieder gutmachen kann."

„Indem ihr mich wieder besucht, wenn alles ausgestanden ist!"

„Selbstverständlich! Nehm dich vor Marlon in acht, der Mann ist böse!", warnte Diana ihrer hilfsbereiten Schwester.

„Keine Sorge, mit dem werde ich schon fertig, falls nicht, rufe ich meine Freunde zu Hilfe."

„Welche Freunde?"

Corinna blickte nach oben.

Am nächsten Morgen verabschiedeten sich die beiden von Dianas Schwester. Der Abschied fiel allen sichtlich schwer.

„Passt auf euch auf!", seufzte Corinna und drückte zuerst Diana, dann Nick.

„Denke an die Prophezeiung!", flüsterte sie ihm ins Ohr.

Zuneigung

Sie fuhren mit der Bahn in den Allgäu. Corinna hatte ihnen die genaue Adresse aufgeschrieben. Um in das kleine Dorf zu gelangen, nahmen sie einen Bus. Den Rest der Wegstrecke bewältigten Diana und Nick zu Fuß. Obwohl sie nicht viel Gepäck mit sich trugen, forderte der hügelige Fußweg ihnen einiges ab. Schnaufend erreichten die beiden das kleine Walmdachhäuschen. Diana schloss die Eingangstür auf. Sie quietschte in den Angeln, als Diana sie öffnete. Die beiden traten ein, wobei sie sich gleich einen Einblick über den gesamten Wohnbereich verschaffen konnten. Der kleine Flur diente als Garderobe. Nur wenige Schritte weiter stand man schon in der geräumigen Wohnküche. Geradeaus bot sich ihnen ein fantastischer Panoramablick nach draußen. Die komplette Südseite des Hauses bestand aus einer bodentiefen Fensterfront, der außen eine gepflasterte Terrasse anschloss. Diana und Nick stellten ihre Taschen ab. Diana öffnete die beiden Türen, die sich auf der rechten Wohnraumseite befanden. Hinter der einen Tür verbarg sich ein vollausgestattetes Badezimmer, die zweite Tür führte ins Schlafzimmer. Ein großes Doppelbett bildete den Mittelpunkt des Raumes, dessen Boden mit einem weichen Veloursteppich ausgelegt war. Im Wohnzimmer stand ein voll bestücktes Bücherregal. Nick fand ausschließlich Fantasy Romane vor. Rechts neben dem Regal, in der Ecke zum Fenster, entdeckte er unter einem kleinen Schreibtisch einen Computer samt

Router und Drucker. Dianas Blick fiel auf ein Schwert, welches über dem Sofa an der Wand hing. Sie glaubte, dass es eine von Peters Errungenschaften war, die er ab und an von seinen Auslandsreisen mitbrachte. Sie stellte sich auf die Sitzfläche der Couch und löste es vorsichtig vom Haken. Die Schwertscheide bestand aus Leder mit verzierten Messingbeschlägen am oberen und unteren Ende. Auch der Griff der altertümlichen Waffe war aufwendig geschmiedet worden. Diana umgriff ihn und zog das Schwert aus der Scheide. Obwohl es sehr alt schien, glänzte die doppelschneidige Klinge silbern im Licht. Diana streifte mit dem Daumen über die Klinge, wobei ihr die Schärfe der Schneide sofort auffiel. Vorsichtig schob sie das Schwert zurück in die schützende Hülle und hängte es wieder an seinen Platz.

Nick öffnete die Terrassentür und trat nach draußen. Diana gesellte sich zu ihm. Man hatte einen wunderbaren Blick auf die Berge, die sich hinter einem grünen Tal erstreckten. Man konnte einige Skipisten sehen, die in den Baumbestand der Hänge geschlagen worden waren. Wie riesige grüne Schlangen schlängelten sich die Pisten den Berg hinab. Über den Bäumen ragten graubraune Gipfel in den blauen Himmel. Rechts blickte man aufs Dorf hinunter. Sie erkannten die Straße, die sie mühselig hinaufgewandert waren. Vereinzelte Häuser säumten die schmale Straße. Das nächstliegende Haus war etwas hundert Meter von der Ferienwohnung entfernt.

Diana und Nick ruhten sich eine Weile aus, dann gingen sie die Straße herunter ins Dorf. Diana hatte sich an eine urige Gaststätte erinnert, in der sie etwas essen wollten. Anschließend kauften sie einige Lebensmittel ein und kämpften sich wieder über die Anhöhe zur Wohnung zurück. Sie verstauten die Sachen in den Schränken und stellten danach den Fernseher an. Schweigend sahen sie sich eine alberne Unterhaltungsshow an.

„Ich bin müde Nick und möchte schlafen gehen", sagte Diana gelangweilt.

„Ich lese noch etwas und schlafe dann auf der Couch", erwiderte Nick.

„Die Bettwäsche ist im Kleiderschrank", sagte Diana und stand auf um sie zu holen. Nachdem sie im Bad war, wünschte sie Nick eine gute Nacht und begab sich ins Schlafzimmer.

In den nächsten Tagen herrschte zwischen den beiden eine angespannte Atmosphäre. Sie sprachen nicht viel miteinander. Jeder schien in seinen eigenen Gedanken versunken zu sein. Sie belauerten sich gegenseitig, wie zwei Personen, die sich gerade erst kennengelernt hatten. Diana kannte Nick aber wie kein anderer, sie war bislang nie von seiner Seite gewichen. Obwohl er ihr immer noch nahe war, entfernte er sich auf sonderbare Art. Mit seinen Gedanken schien er weit weg zu sein, in einer nur ihm bekannten Welt. Diana sah Nick immer noch wie einen eigenen Sohn an und liebte ihn dementsprechend auch. Doch diese Liebe hatte sich auf eigenartiger Weise verändert.

Nick war jetzt gut einen Monat alt, doch er war erwachsen geworden. Sein unnatürliches Alter entsprach in etwa dem ihren. Vor ihr stand ein Mann in den besten Jahren, zudem noch ein sehr attraktiver Mann. Diana hatte sich verliebt. Seit dem Tod ihres Mannes hatte sie dieses Gefühl nie mehr so intensiv erlebt wie jetzt. Aus der Zuneigung, die sie Nick gegenüber schon immer empfunden hatte, war Liebe geworden. Ein Sinnesrauschen, von dem sie nicht wusste, wie sie damit umgehen sollte. Sah Nick sie immer noch als Mutter an, obwohl er wusste, dass sie es in Wirklichkeit nicht war? Oder hegte er auch seinerseits neue Gefühle für sie? Konnte er überhaupt Liebe empfinden? Vielleicht sah er sie auch nur noch als Weggefährtin, als Partnerin auf einen steinigen Weg ohne Ziel. Ihre Partnerschaft beruhte auf gegenseitigem Vertrauen, keiner wollte den anderen enttäuschen. So sollte es auch bleiben, doch Diana wünschte sich seit einigen Tagen mehr.

***

Auch Nicks Gefühlswelten verschlug es in andere Bahnen. Er hatte sich schon immer zu Diana hingezogen gefühlt. Sie war sein Leben lang seine Bezugsperson gewesen, anfänglich sogar seine Mutter. Dass diese bei seiner Geburt verstorben war, hatte ihn zunächst schockiert, oder vielmehr die Tatsache, dass Diana nicht seine leibliche Mutter war. Seit dieser Nachricht sah er Diana mit anderen Augen. Erst in diesem Moment hatte er in Wirklichkeit seine Mutter verloren. Seitdem war Diana nur ein anvertrauter

Freund für ihn, den er nie mehr missen möchte. Er konnte sich nicht vorstellen, was er jemals ohne sie machen würde. An ihrer Seite fühlte er sich geborgen und sicher. Doch nun entstand plötzlich etwas Neues.

Er entdeckte neue Gefühle in sich und für sie. Er sah in Diana mehr als nur eine Freundin. Sie war eine schöne Frau, eine wunderschöne Frau. Obwohl Nick zuvor kaum Frauen zu Gesicht bekommen hatte, war Diana für ihn die schönste Frau auf der Welt. Wenn er sie ansah, spürte er ein nie gekanntes Kribbeln im Bauch. Eine tief im Innern verborgene Sehnsucht drängte unaufhörlich nach außen. Die Sehnsucht nach Liebe und Sinnlichkeit. Er fing an, Diana zu begehren. Er wünschte sich, ganz nah bei ihr zu sein, näher als jemals zuvor. Er verspürte Lust, sie zu fühlen, ihren Körper zu berühren. Er verspürte zum ersten Mal ein sexuelles Empfinden für seine Wegbegleiterin. Je länger er sie in den letzten Tagen beobachtet hatte, umso mehr glaubte er, dass auch sie für ihn eine andere Zuneigung entwickelte. Ihre Augen hatten einen besonderen Glanz bekommen, wenn sie ihn ansah. Nick wollte und konnte seine Gefühle nicht für sich behalten. Er beschloss sie freizulassen, denn seine Zeit legte ihm Grenzen auf.

Am Abend fiel Nicks Maniküre besonders sorgfältig aus. Obwohl es nicht viel Sinn machte, rasierte er seinen Bart gänzlich ab. Er duschte ein zweites Mal und zog nur seine Boxershorts an. Nick atmete einmal tief durch, dann ging er ins Wohnzimmer. Diana saß auf der Couch und las. Sie sah auf, als Nick sich näherte, wobei sie das Buch senkte, um ihn besser ansehen zu können. Sie war sehr erstaunt über sein freizügiges Auftreten. Er hatte einen perfekten Körper, muskulös, kein Gramm Fett zu viel. Diana brachte kein Wort heraus, als sich Nick ganz nahe zu ihr auf die Couch setzte. Es bedurfte in diesem Moment auch keiner Worte. Nick nahm ihr das Buch aus den Händen. Er legte ihre Hand in die Seine und streichelte sie sanft. Seine Hand wanderte an ihrem Arm nach oben. Er strich eine Haarsträhne aus ihrem Gesicht, dabei sah er tief in ihre glänzenden Augen. Nick streichelte ihre Wange, fuhr mit den Fingern sanft über ihre Lippen. Diana verspürte eine wohlige Wärme, die ihren Körper einvernahm. Wie hypnotisiert näherten sich ihre Lippen seinem Mund. Als sich ihre Münder berührten, erhoben sich ihre Sinne in die Lüfte wie ein Schwarm voller Schmetterlinge. Nick legte seinen Arm um ihre Schulter und küsste Diana mit seinen warmen Lippen. Er genoss diesen Augenblick, verinnerlichte ihn tief in seinem Herzen und würde ihn niemals wieder hergeben.

Wie berauscht, nahm er wahr, wie Dianas Zunge in seinen Mund drang. Er erwiderte ihr Spiel mit wachsender Lust. Diana streichelte seinen nackten Oberkörper, worauf sich sein Begehren ins Unermessliche steigerte. Sie schob seine Hand unter ihr T-Shirt und führte sie zu ihren Brüsten. Zögerlich erforschte Nick ihre weiblichen Rundungen, während ihre Hand in seine Shorts glitt. Plötzlich hielt Diana inne. Sie stand auf und streckte Nick fordernd den Arm entgegen. Er griff nach ihrer Hand und erhob sich ebenfalls aus dem Sofa. Bereitwillig folgte er Diana ins Schlafzimmer.

Sie liebten sich stundenlang. Immer wieder aufs Neue ließen sie ihren Gefühlen freien Lauf. Ihre Lust schien unbegrenzt zu sein. Die Begierde füreinander wurde zum Rausch der Sinne. Sie konnten nicht voneinander lassen, trieben sich gegenseitig zu neuen Höhepunkten an. Tausende Sterne explodierten in ihren Köpfen. Dieser schöne Moment sollte nie enden, doch er mündete für beide in einem tiefen Schlaf. Erschöpft, voller Zufriedenheit, schliefen Nick und Diana engumschlungen ein.

Die folgenden Tage wurden die schönsten Tage in Nicks bisherigem Leben. Auch Diana legte die Vergangenheit endgültig ab und entfachte neuen Lebensmut. Beide redeten viel miteinander, führten harmonische Gespräche, in denen sie die allgegenwärtigen Probleme ausklammerten. Immer wenn sie Lust hatten, liebten sie sich. Es gab Tage, die verbrachten sie ausschließlich im Bett. Diana und Nick liebten sich. Dass sie auf der Flucht waren, verdrängten sie. Sie hatten sich auf einer neuen Seite des Lebens gefunden. Die Glückseligkeit, die beide für den Moment tief in sich trugen, überwog alles andere. Nur die Zeit konnte sie noch trennen.

Entdeckungen

Dass er observiert wurde, fand Marlon einige Tage, nachdem er bei Dianas Wohnung gewesen war, heraus. Er war auf den Weg zu Corinna Martens, als er den grünen Pkw entdeckte. Er wollte Dianas Schwester einen erneuten Besuch abstatten. Diesmal würde er sich nicht so einfach abwimmeln lassen. Er glaubte der Frau einfach nicht, dass sie ihre Schwester seit längerer Zeit nicht mehr gesehen hatte. Sollte sie auf ihre Aussage beharren, würde er andere Mittel anwenden müssen, um die Wahrheit aus ihr herauszubekommen. Doch nun verfolgte der Wagen ihn bereits seit geraumer Zeit. Auf der Autobahn ließ er sich mitunter zurückfallen, um dann wieder aufzuschließen. Nach wenigen Kilometern auf einer Landstraße war sich Marlon sicher, dass der grüne Pkw ihn folgte. Er hatte keine Zweifel daran, dass es sich dabei um die Kripo handelte, die ihn beobachten ließ.

Ausgerechnet jetzt, dachte Marlon erzürnt.

Er bog auf einen Waldparkplatz ab, dabei sah er, wie das grüne Fahrzeug vorbeifuhr. Marlon stieg aus und ging in den Wald. Sein Vorhaben, Corinna Martens aufzusuchen, um nach ihrer Schwester zu befragen, hatte sich derweil erübrigt. Nach einem halbstündigen Spaziergang machte Marlon sich auf den Rückweg. Wie nicht anders als erwartet, tauchte der grüne Pkw wenige Minuten später in Marlons Rückspiegel auf. Kurz vor dem Anwesen, folgte ihm das Auto nicht in die schmale Straße, sondern fuhr geradeaus weiter.

Als Marlon am nächsten Tag in die Stadt fuhr, war sein ungebetener Begleiter wieder präsent. Nur gab er sich diesmal nicht die geringste Mühe unentdeckt zu bleiben. Marlon hielt vor einem Geschäft, wobei sein Begleitfahrzeug direkt hinter ihm parkte. Im Wagen saßen zwei Männer, die Marlon freundlich anlächelten, als dieser zu ihnen hinübersah. Am liebsten hätte er die beiden angesprochen, um seine Neugierde zu stillen, verwarf den Gedanken aber wieder schnell. Stattdessen ging er in den Laden, tätigte einige Besorgungen und machte sich wieder auf den Heimweg.

Marlons Verdacht, dass es sich um Polizeibeamte handelte, wurde am nächsten Tag bestätigt, als Bachmeyer anrief und ihn für den Nachmittag aufs Präsidium vorlud.

***

Ohne Umschweife kam Bachmeyer gleich zur Sache. Marlon hatte sich noch nicht einmal gesetzt, als er sagte: „Wir haben keine zwanzig Kilometer von hier, zwei Leichen in einer Kiesgrube gefunden. Eine alte Frau und einen polizeibekannten Drogenkonsumenten. Wir konnten die Fingerabdrücke des jungen Mannes ermitteln, und was soll ich ihnen sagen Marlon, wir haben dessen Fingerabdrücke auch in ihrer Einliegerwohnung sichern können. Die Spurensicherung hat dort viele Abdrücke gefunden. Sie haben behauptet, dort oben wäre es teilweise zugegangen, wie im Taubenschlag, ein Kommen und Gehen von Personen die sie kaum gekannt hatten. Es seien überwiegend Bekannte und Kollegen ihres Vaters gewesen, zum Teil auch Familienangehörige mit Kindern. Deshalb hätten wir auch Abdrücke von einem Kind sichergestellt. Namen konnten sie uns keine nennen. Dann kennen sie sicherlich auch keinen Felix Stammermann, so hieß nämlich der tote Junkie", schloss Bachmeyer seine Ausführungen ab.

„Nein, nie gehört, tut mir außerordentlich Leid, dass ich ihnen diesbezüglich nicht weiterhelfen kann Herr Kommissar."

„Wissen sie was Marlon, ich glaube ihnen nicht. Ebenso wie ich nicht glaube, dass sie von einer kleinen zierlichen Frau niedergeschlagen worden sein sollen. Wie sie sicherlich schon bemerkt haben, lasse ich sie seit geraumer Zeit observieren und werde dies auch weiterhin veranlassen. Halten sie sich für weitere Befragungen zur Verfügung Herr Kreuzer! Für heute war es das", folgerte Bachmeyer und wies Marlon die Tür.

Am Abend ertränkte Marlon seinen Frust im Alkohol.

***

„Wir warten ab. Wenn du dich unauffällig verhältst, werden sie die Observierung einstellen. Solange musst du Ruhe bewahren. Melde dich wieder bei mir, sobald du etwas Neues in Erfahrung bringen konntest!", sagte Falcao und legte auf.

Marlon hatte ziemlich aufgebracht geklungen. Falcao hoffte, dass sein Partner, den er kaum kannte, sich im

Griff hatte und nichts auf eigene Faust unternehmen würde. Marlon hatte eine Schwester von Diana Rieschel ausfindig gemacht, und auf Falcaos Drängen, war er auch mit deren Adresse rausgerückt. Der junge Kreuzer hatte sich auf dem Weg zu dieser Schwester befunden, als er auf die Polizei aufmerksam geworden war, die ihm mit einem Zivilfahrzeug gefolgt waren. Letztendlich beruhigte Falcao die Tatsache, dass Marlon momentan von der Kripo ausgebremst wurde. Obwohl er für ihn eine Hilfe war, um die Frau und den Jungen ausfindig zu machen, traute Falcao diesen Mann nicht. Er konnte sich gut vorstellen, dass Kreuzer seinen eigenen Rachefeldzug durchführte, ohne ihn vorher darüber zu informieren. Falcao musste auf der Hut sein, doch dieses fiel ihm momentan schwer, da er mit eigenen Problemen zu kämpfen hatte.

Er fühlte sich geschwächt. Sein Körper machte eine schmerzhafte Entwicklung durch, von der er nicht wusste, woher sie rührte. Ständig drang Schweiß aus seinen Poren, als hätte er Fieberschübe, doch seine Temperatur blieb konstant. Ihm wurde kalt und heiß zugleich, ein Zustand, der an seinen Kräften zerrte. Am Schlimmsten aber war der stetige Druck auf seinen Knochen, als würde etwas sie auseinanderreißen wollen. Seine Gelenke schmerzten, zusätzlich wurde er von Krämpfen geplagt, die explosionsartig seine Muskulatur befielen. In den Momenten, in denen eine neue Woge der Verkrampfung seinen Körper einvernahm, konnte Falcao sich kaum auf den Beinen halten. Meistens legte er sich dann hin, bis die peinigende Welle wieder abgeklungen war. Dann kam wieder der Schweiß, der wie ein abstoßendes Gift aus seiner dunklen Haut floss. In diesem Zustand war Falcao handlungsunfähig. So konnte er die Wohnung nicht verlassen. Ihm waren die Hände gebunden. Er war eine Fessel seiner selbst.

Falcao konnte nur vermuten, was mit ihm geschah. Er war noch nicht vollkommen, doch er hoffte, es bald zu sein.

Falcao entdeckte seinen Körper neu.

***

Das Bild, das neben dem Regal hing, hatte Nick bislang kaum Beachtung geschenkt, doch nun stand er davor und betrachtete es genau. Es handelte sich um eine Fotografie, die Diana und zwei Männer vor einer Berghütte zeigte. Fröhlich lächelten sie in die Kamera. Im Hintergrund waren schneebedeckte Berggipfel zu sehen, die in den wolkenlosen blauen Himmel ragten.

Diana gesellte sich zu Nick und hauchte ihm einen sanften Kuss die Wange.

„Das Foto ist vor zwei Jahren entstanden, als Rainer und ich mit Corinna und Peter im Skiurlaub waren. An dem Tag sind wir hoch oben im Tiefschnee gefahren. Wir haben uns einer kleinen Gruppe angeschlossen, die unter Führung eines erfahrenen Skilehrers, zu diesem Gebiet aufgestiegen ist. Der Tag war wunderschön, richtig abenteuerlich und wir hatten sehr viel Spaß. Erschöpft haben wir an der Berghütte eine Rast eingelegt. Dort hat Corinna dann dieses Foto gemacht. Ich weiß es noch ganz genau, weil sie anschließend wieder eine ihrer komischen Inspirationen hatte. Angeblich ist ihr am Himmel etwas erschienen. Nach der Aufnahme erstarrte sie zur Salzsäule, so als hätte sie einen Geist gesehen. Gesagt hat sie nichts. Danach ist sie doch recht schnell wieder zur Normalität zurückgekehrt. Rechts neben mir, das ist Rainer", sagte Diana und zeigte auf ihren verstorbenen Mann.

„Und was ist das da oben rechts in der Ecke?", wollte Nick wissen.

„Was meinst du Schatz?"

„Dort oben am Himmel, rechts über dem Gipfel", erklärte Nick, wobei er mit seinem Finger auf die besagte Stelle deutete.

„Das ist Fliegendreck."

„Das ist kein Fliegendreck", widersprach Nick und nahm das Bild von der Wand, „das ist Corinnas Geist."

„Wie meinst du das, Nick?"

„Du hast mir doch gerade erzählt, Corinna hätte am Himmel etwas gesehen, eine Erscheinung, die sie erstarren ließ. Ich glaube, sie hat das hier gesehen." Nick tippte auf den kleinen Punkt, den er auf dem Bild entdeckt hatte. „Wie du weißt, sind meine Augen ausgezeichnet, aber genau erkennen, um was es sich dabei handelt, kann ich auch nicht. Vielleicht können wir das Foto einscannen und am PC vergrößern", schlug Nick vor.

„Es könnte auch sein, dass das Bild auf dem Computer gespeichert ist. Ob der Drucker eine Scanfunktion hat, weiß ich nicht. Lass uns mal nachsehen!"

Diana schaltete den Rechner an. Derweilen er hochfuhr, sah sie sich den Drucker an, worauf sie leider feststellen musste, dass er keine Scanfunktion hatte.

Auf dem Computer stapelten sich regelrecht Bilddateien. Diana fand es schon als leichtsinnig von Corinna und Peter, einen PC mit solchen privaten Dateien in einem Ferienhaus aufzubewahren, welches zudem die meiste Zeit über leer stand. Aber es war deren Sache und ging ihr nichts an. Diana klickte von einem Ordner zum anderen. Dass die Ordner nicht beschriftet waren, erschwerte die Suche zusätzlich. Einige Male verharrte sie auf Bildern, die sie und Rainer zeigten. Ein wenig Wehmut schwang mit, als sie sich die Fotos ansah. Sie dachte an die jeweiligen Gegebenheiten, zu denen die Bilder aufgenommen worden waren. Sie erzählte Nick einige Anekdoten aus ihrer glücklichen Zeit mit Rainer. Nach unzähligen Diashows tauchte plötzlich Corinnas Fotografie vom Skiurlaub auf. Der Fleck war deutlich am oberen rechten Bildrand zu erkennen.

„Kannst du es vergrößern?", wollte Nick wissen.

„Ich versuch es."

Diana zoomte das Bild heran, dabei verschwand der Fleck vom Monitor. Sie zog das Foto nach links, bis er wieder sichtbar wurde.

„Aha", ließ Nick verlauten.

„Kannst du schon etwas erkennen? Für mich ist es immer noch ein undefinierbarer dunkler Punkt am blauen Himmel."

„Mach es noch größer Schatz!"

Diana vergrößerte das Foto noch mehr, wobei es zunehmend unschärfer wurde. Als sie am Limit des Programms angelangt war, zog sie das dunkle Etwas wieder in die Mitte des Bildschirmes. Ihr stockte der Atem, als sie erkannte, worum es sich bei dem Fleck handelte. Der Bildausschnitt erschien zwar unscharf und verpixelt, dennoch glaubte sie einen riesigen Vogel erkennen zu können, der etwas Rundes in seinen Greifern trug, etwas, was aussah wie ein überdimensionales Ei. Das Wesen hatte seine Flügel ausgebreitet und trug ein dunkles Federkleid. Mehr Details vermochte sie bei der schlechten Bildqualität nicht zu erkennen.

„Das ist die Erscheinung, die Corinna am Himmel gesehen hat. Ein gewaltiger Vogel, der mit einem Ei durch die Lüfte schwebt. Klein und doch so groß. Der Kopf ist kahl und sieht so aus wie der Schädel des Vogelmenschen, den wir bei Kreuzer gesehen haben. Die Frage lautet, was verbirgt sich in dem Ei? Ist es wohlmöglich der Vogelmensch? Mein Vater? Hat dieses Wesen das Ei in den Bergen abgelegt, damit der Vogelmann unbemerkt schlüpfen konnte? Sicher ist, dass Corinna wahrlich etwas gesehen hat", meinte Nick abschließend.

„Das ist doch alles verrückt, zu unwirklich. Sowas gibt es doch nur in Corinnas geliebten Fantasy Romanen, doch ich sehe es nun mit meinen eigenen Augen. Hat Corinna dir davon erzählt, als wir bei ihr waren?"

„Nein", log Nick.

„Was machen wir jetzt?"

„Wir warten und genießen das Leben Diana. Jetzt und hier. Was die Zukunft anbelangt, liegt nicht in unserer Hand."

Diana sah Nick bestürzt an.

„Die Zukunft liegt in den Fängen des Vogels", dachte Nick.

Zeit vergeht 2

Die Zeit kannte kein Erbarmen, sie schritt unaufhaltsam voran und machte auch vor Nick nicht halt. Er wurde alt. Sein einst makelloser Körper baute von Tag zu Tag mehr ab. Die Haut wurde faltig, das dunkle Haar grau. Anfangs hatte Diana die ersten grauen Haare noch belächelt, doch als sie eine Woche später überwogen und Nicks Aussehen auf drastische Weise verändert hatten, erkannte sie den Ernst der Lage. Sie versuchte auf Nick einzureden, wollte ihn überzeugen, dass sie etwas unternehmen müssten, um den schnell voranschreitenden Alterungsprozess aufzuhalten. Nur was? Darauf wusste Diana allerdings auch keine Antwort.

Nick schien über den Dingen zu stehen. Mit stoischer Gelassenheit nahm er hin, wie die Zeit ihn veränderte. Seine Tatenlosigkeit konnte Diana nicht nachvollziehen. Sie wäre am liebsten losgezogen, um fachkundige medizinische Hilfe in Anspruch zu nehmen. Doch solche Vorschläge ließ Nick verständnislos abprallen, als hätte er eine unsichtbare Wand um sich gezogen, hinter der er sich verbarrikadierte, wenn es um sein Wohl ging. Er behauptete dann, dass er genau wüsste, was er täte. Er müsse nicht den Rat anderer suchen, da sie es doch seien, die gesucht werden. Die Zeit würde die Lösung seines Problems mit sich bringen. Er müsse nur abwarten und Geduld bewahren. Wenn Diana solche Worte aus seinem Mund hörte, wurde sie regelrecht wütend auf ihn. Sie liebte diesen Mann, der vor dem Alter nicht fliehen konnte. Niemand war in der Lage dem Lebensende zu entgehen, doch Nicks Leben hatte eine andere Zeitrechnung, der er hilflos gegenüberstand.

Nick ging schon seit geraumer Zeit nicht mehr mit Diana in den Ort. Die Menschen dort kannten ihn als einen Mann im besten Alter. Was sollten sie denken, wenn ihnen wenige Tage später ein grauhaariger Mann mit Falten im Gesicht gegenüberstand. Er würde nur Aufsehen erregen, wenn die Leute ihn so sahen. Auch an den gemeinsamen Bergwanderungen nahm er nicht mehr teil. Zuvor war er viel mit Diana durch die reizvolle Landschaft gegangen. Sie hatten einige Tagesausflüge unternommen, die ihnen viel Freude bereitet hatten. Er fühlte sich in der Natur frei und unbeobachtet. Hier folgte ihnen niemand, der Böses im Sinn haben könnte.

An einem schönen sonnigen Tag waren sie hoch zu der Berghütte aufgestiegen. Als sie die gekennzeichneten Wanderpfade verlassen mussten, wurde der Anstieg zu einer Kletterpartie, nicht sonderlich schwierig, aber kraftraubend. Diana kannte den Aufstieg und kletterte voraus. Nick folgte ihr, wobei er einige Meter Abstand zu Diana hielt, die mit geschmeidigen Bewegungen den Hang erklomm. Das er in Sandalen kletterte erschwerte seine Bemühungen Diana zu folgen zusehends. Ihm war es mittlerweile unmöglich geworden festes Schuhwerk zu tragen. Er brach sich vier Zehennägel ab und trug kleinere Blessuren davon. Als sie das Bergplateau erreicht hatten, war Nick doch gewissermaßen erleichtert. Er sah die Hütte sofort, die am anderen Ende der steinigen Ebene stand. Als sie kurz davor waren, hatte er genau den Blickwinkel, den Corinna bei der Fotografie eingenommen hatte. Auch an dem Tag war der Himmel wolkenlos und strahlend blau gewesen. Ihm hatte sich das gleiche Panorama geboten, wie auf dem Bild, mit dem kleinen Unterschied, dass er keinen riesigen Vogel am Himmel entdecken konnte. Dieses hatte er auch nicht erwartet. Trotzdem konnte er eine eigenartige Aura spüren, die diesen schönen Ort umgab. Er hatte etwas Mystisches an sich, was Nick nicht einzuordnen wusste.

Auf Dianas Drängen waren sie in die Hütte gegangen. Nick wusste nicht mehr, wie es dazu kommen konnte, doch der Liebesakt, den sie spontan in der Hütte vollzogen hatten, war unvergesslich geblieben.

Seit diesem Tag wurde sein Verlangen nach körperlicher Liebe immer geringer. Mit dem Alter schlich sich Müdigkeit ein, die seine Lust auf Sinnlichkeit einschläferte. Jede Woche, jeder Tag, jede Stunde, brachten negative Auswirkungen mit sich, die sein Wohlbefinden minderten. Sein Schicksal war im Bann der Zeit gefangen. Diana tat ihm leid, da er ihr Liebesglück nicht lange aufrechterhalten konnte. Er war zu einem alten Mann geworden, der ihre Sehnsüchte nur noch im gewissen Maß erfüllen konnte. Dieser Zustand war für beide unbefriedigend, jedoch nicht abwendbar. Es war ihr deutlich anzusehen, wie sie mit ihm litt und dennoch Verständnis aufbrachte. Es würde der

Zeitpunkt kommen, wo er handeln musste. Nick bereitete sich innerlich auf diesen Tag vor, dachte immer wieder an die Prophezeiung, und fasste einen Entschluss.

***

Auch an Falcao nagte der Zahn der Zeit. Seine Handlungsunfähigkeit zermürbte ihn. Es gab Tage, an denen war er an das Bett gefesselt wie ein sterbenskranker Mann. Unfähig auf eigenen Beinen zu stehen, vegetierte er gedankenverloren vor sich hin. Ihm war nun bewusst, was mit ihm geschah, doch die Dauer der Zeit, die es brauchte, kannte er nicht. Die Wochen verstrichen mit Schmerzen. Zuerst waren es die Knochen gewesen, dann seine inneren Organe, die ihn leiden ließen. Während dieser Zeit konnte er kaum Nahrung aufnehmen, dennoch verspürte er keinen Hunger und nahm auch nicht ab. Sein Körper blieb äußerlich unverändert. Nun brannte seine Haut. Es fühlte sich an, als würde sie ihm vom lebendigen Leib abgezogen werden. Manchmal konnte er nur mit eisernem Willen Schreie unterdrücken. Seine Pein wollte kein Ende nehmen. In den wenigen Phasen, in denen es ihm einigermaßen gut ging, telefonierte er häufig mit Marlon. Dass dieser sich immer noch nicht frei bewegen konnte, beruhigte Falcao einigermaßen. Von dem Pakt, den er mit dem jungen Kreuzer geschlossen hatte, hatte er sich durchaus mehr versprochen. Mit dessen Hilfe wollte er die Frau und seinen Sohn aufspüren, was bislang aber deutlich misslungen war. Er hatte sich vorgestellt, dass Marlon die Suche übernehmen könnte, während er sich im Hintergrund verbarg, um möglichst wenig Aufmerksamkeit auf sich zu ziehen. Dann, im entscheidenden Moment wollte er eingreifen. Die derzeitige Situation wich deutlich von seinem Plan ab. Nun hatte er Bedenken, dass Marlon sein Vorhaben alleine durchziehen könnte. Noch war der in seinem Tatendrang eingeschränkt, doch wie lange konnte Marlon seine innere Ruhe bewahren? Falcao musste schnellstmöglich wieder zu sich selbst finden, wenn seine schmerzhafte Entwicklung abgeschlossen war. Er durfte nicht zulassen, dass Marlon der Frau und dem Jungen was antat, was ihm durchaus zuzutrauen war. Es war Falcaos Aufgabe, den abtrünnigen Jungen zu töten, und mit der dunkelhaarigen Frau neues Leben zu zeugen. Eine Tochter, die ihm gerecht wurde. Dazu benötigte er seine Manneskraft, die nach wie vor, seinen Körper und Geist verlassen hatte.

Was passierte, wenn sein Sohn auf andere Art und Weise starb? Wenn Marlon ihn tötete, oder Nick ein Opfer der Zeit wurde und aufgrund seines erreichten Alters, eines natürlichen Todes starb? Wie alt mochte der Junge nun sein? Falcao hatte diesbezüglich sein Zeitgefühl verloren. Doch er wusste, dass er bereit sein musste, wusste, dass er die Zeit nicht aufhalten konnte. Er würde bereit sein….Bald.

***

Der Nachlass seines Vaters verhalf Marlon, über die schwierige Zeit hinwegzukommen. Er war als Alleinerbe eingetragen worden, was immensen schriftlichen Aufwand nach sich zog. Als alles in geregelten Bahnen verlief, machte sich Marlon daran, einige Dinge, die er nicht benötigte, zu veräußern. Er verkaufte unter anderem die gesamte Laboreinrichtung, alles auf legalem Wege. Er hatte nicht vor, unnütz Unruhe zu stiften, zumal die Kripo ihm immer noch auf den Fersen war. Überhaupt überlegte er, warum er sich nun noch in Schwierigkeiten bringen sollte. Das erworbene Vermögen sollte bis an sein Lebtagsende reichen, wenn er damit sorgsam umgehen würde. Doch jener Abend, als sein Vater auf so schreckliche Weise umgebracht worden war, ließ ihm keine Ruhe. Er musste die Wahrheit wissen. Diese konnte er nur von dieser Diana erfahren, die wohlmöglich sogar die Mörderin seines Vaters war. Wenn sich dieses so herausstellen würde, sollte sie dafür büßen. Obwohl er von seinem alten Herrn teilweise bis aufs Mark schikaniert worden war, hatte er ihn doch geliebt. Sie waren ein Team gewesen, und hatten, jeder auf seine Art, fast alles erreicht. Richard war nur der ganz große Erfolg verwehrt geblieben. Er wurde aus dem Leben gerissen, als er kurz davor stand. Der Junge war eine hervorragende Möglichkeit gewesen, der Welt zu beweisen, welch genialen Wissenschaftler sein Vater verkörpert hatte. Doch nun lag er unter der Erde und würde bald in Vergessenheit geraten. Der oder die Verantwortlichen dafür sollten Buße tragen, dafür würde Marlon auch sein Leben aufs Spiel setzen.

Nachdem der Verwaltungsablauf geregelt war, verlor Marlon langsam aber sicher die Geduld. Wie er feststellte, wurde er nur noch unregelmäßig überwacht. Es ergaben sich zunehmend Situationen, in denen er sich unbemerkt vom Anwesen hätte entfernen können. Doch die Telefonate mit Falcao hielten ihn zunächst davon ab. Dem dunkelhäutigen Mann schien es nicht gut zu gehen. Genaueres wusste Marlon nicht, aber sein Partner hörte sich ausgesprochen schlecht am Telefon an.

War er eigentlich sein Partner? Zusammen unternommen hatten sie bislang rein gar nichts. Was Marlon in Erfahrung bringen konnte, hatte er alleine herausbekommen, ohne die Hilfe seines merkwürdigen Kompagnons. Normalerweise brauchte er Falcao nicht. Wenn er die beiden Flüchtigen gefunden hatte, würde er auch alleine mit ihnen fertig werden können. Aber Falcao hatte etwas an sich, was Marlon nicht geheuer war. Nicht, dass er Angst vor ihm hatte, aber einen gewissen Respekt ihm gegenüber, konnte er nicht verleugnen.

Marlons Entscheidung, nicht auf Falcao zu warten, fällte er, nachdem er erneut auf dem Präsidium vorsprechen musste.

Bachmeyer zeigte ihm Fotos von Personen, die er identifizieren sollte. Allesamt galten diese Personen als vermisst und Bachmeyer glaubte angeblich, bei einigen einen Zusammenhang mit den Mordfällen auf Kreuzers Anwesen gefunden zu haben. Das letzte Foto, was der Kommissar Marlon zeigte, war von Diana Rieschel.

Marlon gab zu erkennen, dass er die Frau nie gesehen hätte, was Bachmeyer scheinbar ungerührt hinnahm. Daraufhin konnte Marlon das Präsidium wieder verlassen.

Dass die Polizei nun auch auf der Suche nach Diana Rieschel war, sie unter Verdacht hatte, gab für Marlon den Ausschlag handeln zu müssen.

Zwei Tage lang stellte er sicher, dass er nicht observiert wurde. Ohne Falcao vorher zu informieren, machte er sich dann auf den Weg zu Corinna Martens.

Aufbruch

Marlon nahm nicht den direkten Weg. Immer wieder versicherte er sich, dass er nicht verfolgt wurde. Als er mit Genugtuung feststellte, dass dem nicht so war, fuhr er in Richtung Corinna Martens. Erstmals seit langer Zeit fühlte er sich frei. Seinem Vorhaben stand nichts mehr im Wege, auch der schwarze Hüne konnte ihn nicht mehr aufhalten. Sein, mit silbernen Patronen geladener Revolver, steckte im Holster. Er war bereit ihn zu benutzen.

***

Die Schmerzen klangen ab. Wie ein samtweiches Tuch legte sich ein Gefühl der Genesung über Falcao. Erleichtert stellte er fest, wie neue Kräfte seinen Körper einvernahmen. Es bedurfte nur wenige Tage, bis er sich vollends gestärkt fühlte. Ihm ging es besser denn je, was er auf die erfolgte Vollkommenheit seines Wesens zurückführte. Er sah sich in seiner Annahme bestätigt, nachdem er zum ersten Mal nach langer Zeit wieder mutierte. Ein Hochgefühl der Überwältigung überkam ihn, als er seine perfekte Gestalt betrachtete. Was sollte ihn jetzt noch aufhalten? Nur seine Einzigartigkeit, denn alleine war er verloren unter den Erdbewohnern. Er musste Nachfahren zeugen, um ein neues Volk auf Erden zu schaffen, welches mächtiger sein sollte, als alles andere zuvor. Es war an der Zeit aufzubrechen, bevor es zu spät sein würde. Er musste zunächst den Weg ebnen, damit er seine Mission erfüllen konnte.

Falcao rief Marlon an, doch erreichte ihn nicht. Ungewöhnlich, denn das Handy war sogar abgeschaltet. Falcao machte sich Gedanken. Hatte der Mann die Nerven verloren und versuchte im Alleingang etwas zu unternehmen? Zuzutrauen war es ihm. Falcao packte einige Sachen in seinen Rucksack und zog sich um. Anschließend suchte er nach der Adresse von Corinna Martens, die er widerwillig von Kreuzer bekommen hatte. Nachdem er sie gefunden hatte, gab er sie in den Routenplaner ein. Falcao merkte sich die Strecke, die das Programm errechnet hatte. Nach langer Zeit der Entbehrung verließ er die Wohnung, setzte sich aufs Motorrad und fuhr los. Die Hoffnung, dass die Zeit ihm nicht voraus war, begleitete ihn.

Als Falcao das Haus der Martens erreicht hatte, fiel ihm zunächst nichts Ungewöhnliches auf. Er klingelte an der Hauspforte, doch niemand meldete sich. Er versuchte es erneut. Wieder wurde ihm nicht geöffnet. Falcao sah sich kurz um und sprang dann mit einem geschmeidigen Satz über den Zaun. Er blickte durch das Glas der Haustür, konnte aber nichts erkennen. Er folgte der Pflasterung um das Haus herum, worauf er auf die hintere Terrasse gelangte. Der Schuh, der dort auf den Steinen lag, machte ihn stutzig. Falcao sah, dass die Terrassentür offen stand. Er holte seine Waffe aus dem Rucksack und ging vorsichtig in das Haus. Ein zweiter Schuh lag auf dem Wohnzimmerboden. Ein Stück weiter, entdeckte er ein paar Bluttropfen auf dem hellen Parkett. Falcao ging langsam weiter und kam auf den Hausflur, auch hier fand er Blut auf den Fußboden vor. Er wappnete sich auf einen Hinterhalt. Die Ereignisse aus der Vergangenheit hatten ihre Spuren hinterlassen. Falcao war vorsichtiger und aufmerksamer geworden.

Eine der Türen war nur angelehnt. Falcao entsicherte die Waffe und schob die Tür langsam mit dem Fuß auf. Ihm stockte kurz der Atem. Auf dem Bett lag eine blutüberströmte Frau. Das helle Bettlaken hatte sich bereits mit der roten Flüssigkeit vollgesogen. Die Frau hatte starke Platzwunden am Kopf und Blut klebte in ihrem Gesicht und in den Haaren. Ein Auge war fast gänzlich zugeschwollen, das andere blickte leblos ins Leere. Ihre Hände ruhten auf dem Bauch. Blut quoll zwischen ihren Fingern hervor. Falcao nahm behutsam eine Hand und schob sie beiseite. Er blickte auf eine offene Schusswunde. Er fühlte nach ihrem Puls, den er schwach zu spüren glaubte. Er sah wieder in das Gesicht und erschrak, weil die Frau ihn jetzt mit entsetzten Augen anstarrte.

Dann öffneten sich ihre blutverkrusteten Lippen: „Du bist es, der Mann, der den totgeweihten Jungen sucht, der Vogelmann."

Trotz ihrer undeutlichen Aussprache konnte Falcao jedes Wort verstehen.

„Wer hat ihnen das angetan?", fragte Falcao, obwohl er genau wusste, wer es gewesen war.

„Marlon Kreuzer. Er will deinen Sohn und meine Schwester töten. Er wollte wissen, wo sie sich aufhalten", antwortete Corinna, die sich bei jedem Wort sichtlich quälen musste.

„Haben sie es ihm gesagt?"

„Ich habe versagt, meine Schmerzen haben es ihm verraten. Es tut mir leid."

„Nennen sie mir auch den Ort, dann kann ich wohlmöglich das Schlimmste verhindern."

„Ich werde es ihnen sagen, weil ihr Erscheinen Nicks Leben retten kann. Ich kenne die Prophezeiung!"

„Welche Prophezeiung?", wollte Falcao von der im Sterben liegenden Frau wissen.

„Die Prophezeiung über....", Corinnas Antwort ging in ein Würgen über, woraufhin Blut aus ihrem Mund lief. „Ich muss deine wahre Gestalt sehen, erst dann kann ich dir ihren Aufenthaltsort nennen", stammelte Corinna, als sie wieder dazu in der Lage war.

„Warum?"

Wieder ein Würgen. Mehr Blut floss.

Falcao sah keine andere Möglichkeit, als ihren Wunsch zu erfüllen. Er entledigte sich seiner Kleidung und mutierte vor Corinnas erwartungsvollen Augen. In diesem Moment hatte sie einen klaren Blick und einen klaren Verstand, der das Gesehene aufnahm und unvergesslich machte. Unvergesslich für ihre bevorstehende Reise.

Sie sah, wie sich der Mann vor ihr verwandelte. Zuerst der Kopf. Sie sah den Schnabel aus dem Kiefer wachsen, die Augen tief in die Höhlen fallen, die Haut sich verknorpeln, bis er zu einem knochigen Vogelschädel wurde. Die dunkle Haut des Mannes schien zu vibrieren, feine daunenartige Federn drangen aus ihr hervor, und bedeckten den gesamten Körper mit ihrer vielfältigen dunklen Färbung. Aus den Schultern und Armen wuchsen harte Kiele, die sich zu prachtvollen Federn entfalteten. Die Finger gliederten sich auf, wurden länger, und verschmolzen anschließend mit dem Federkleid. Es entstanden riesige Flügel, die aus seinen Schultern emporragten, und hinunter bis zu den Füßen langten. Knorpelartige Stränge bildeten sich aus der Hüfte, die sich zu langen, spitz zulaufenden, Schwanzfedern ausweiteten. Als krönenden Abschluss breitete das Wesen seine mächtigen Schwingen aus, wozu es die komplette Raumbreite benötigte.

Der Vogelmann faltete seine Flügel langsam zusammen und trat einen Schritt näher an das Bett heran. Corinna sah und glaubte.

„Wo ist mein Sohn?", krächzte Falcao.

„Dort, wo ich deinen Erschaffer gesehen habe, den Gott der Lüfte. In den Bergen", sagte Corinna so laut, wie sie nur konnte, und winkte den Vogelmann zu sich heran.

Falcao beugte sich über das Bett und stützte sich mit den Flügeln ab. Er lauschte den letzten Worten der sterbenden Frau.

Nachdem Falcao sich wieder erhoben hatte, sog Corinna das Bild der Vogelgestalt förmlich in sich auf. Als sie den für sie fantastischen Anblick verinnerlicht hatte, schloss sie für immer die Augen und reiste zu den Göttern.

Es brauchte eine Weile, bis Falcao sich zurückverwandelt hatte. Dann brach auch er zu einer zukunftweisenden Reise auf und fuhr in die Berge, zu seiner alten Heimat.

***

Drei Monate Leben

Das Alter nagte an Nick, entzog ihm seine Lebensenergie. Seine Knochen schmerzten, die Gelenke wurden steif, seine Kräfte schwanden Stunde um Stunde. Bevor es zu jenem Tag kam, an dem er sein Leben aushauchen sollte, musste er noch etwas erledigen. Den Hauch einer Chance nutzen, von der er nicht wusste, was sie bewirken sollte. Seine Hoffnung beruhte auf Corinnas Worte, deren Bedeutung er noch nicht verstanden hatte.

Gehe auf den Berg und trinke den Saft des Lebens!

Wohin sein letzter Weg ihn führen würde, war Nick bereits klar. Er musste nach oben auf den Berg, zu der Hütte, dahin, wo Corinna das Foto gemacht hatte. Da wo sie die Erscheinung am Himmel gesehen hatte. Dort lag der Ursprung, wo alles begann. Etwas in ihm sagte, dass der Tag gekommen sei. Der Tag, wo er sein Leben in die eigenen Hände nehmen musste. Zum ersten Mal wollte und musste er etwas alleine unternehmen, ohne Diana. Zu oft schon hatte sie sich wegen ihm in Gefahr begeben. Den letzten Weg musste er alleine gehen.

Habe ich mich jemals bei ihr bedankt?

Nick wusste es nicht. Er überlegte, ob er ihr einen Brief schreiben sollte, falls, wovon er ausging, er sie niemals wiedersehen würde. Sollte er ihr ein paar dankende Worte hinterlassen? Nick verwarf diesen Gedanken, wie er auch im Vorfeld ein Gespräch über seinen bevorstehenden Gang verworfen hatte. Sie hätte ihn niemals verstanden, allein schon aufgrund ihrer Einstellung zu Corinnas Hirngespinsten. Er hatte Angst vor solch einem Gespräch gehabt, genauso wie er Angst davor hatte sie so zu verlassen. Er liebte Diana. Nun musste er ihre Liebe zu ihm enttäuschen, indem er wortlos aus ihrem Leben verschwand. Nick fühlte sich schlecht.

Diana war unten im Dorf, um einige Einkäufe zu erledigen. Unter anderem wollte sie Tabletten besorgen, die seine Gelenkschmerzen mindern sollten. Ihre Fürsorglichkeit brach ihm das Herz. Nick schüttelte seine zerstreuten Gedanken ab und ging ins Schlafzimmer. Aus Dianas Nachtschrank holte er Marlons Revolver und steckte ihn ein. Nick sah sich noch einmal um, dann verließ er das Ferienhaus. Unwissenheit begleitete ihn.

Einen Tag, bevor Falcao und Marlon ihre Suche fortsetzten, beschritt Nick seinen letzten Weg.

***

Fassungslosigkeit überkam Diana, als sie das Ferienhaus leer vorfand. Nick war verschwunden. Sie machte sich Sorgen und Vorwürfe. Wie hatte sie ihn in seinem Zustand nur alleine lassen können. Sie hätte die Einkäufe auch bestellen können und ein Bote hätte sie heraufgebracht.

Warum war Nick gegangen, ohne ein Wort zu sagen? Und wo war er hin? Wurde er wohlmöglich entführt? Von Marlon oder dem Vogelmenschen? Es musste doch eine Erklärung für sein Verschwinden geben.

Diana versuchte sich zu beruhigen, was ihr nicht sonderlich gut gelang. *Vielleicht machte Nick auch nur einen kleinen Spaziergang um seine müden Knochen in Bewegung zu halten*, versuchte sie sich einzureden. Doch je länger er fort blieb, umso besorgter wurde sie. Am Abend spielte sie mit dem Gedanken eine Vermisstenanzeige aufzugeben, doch sie verwarf diese Überlegung wieder schnell. Eventuell hatte Nick sich mit seinem Fortgang etwas gedacht, was noch enttäuschender für Diana war, da er sie nicht eingeweiht hatte. Sie waren immer offen zueinander gewesen, es hatte nie Geheimnisse zwischen ihnen gegeben.

Als die Nacht hereinbrach, konnte sie vor lauter Kummer nicht in den Schlaf finden. Doch die Müdigkeit war stärker und zerrte sie in einen Traum.

Sie träumte von der Berghütte. Nick war dort. Er war nicht allein, denn in der Hütte lag noch ein riesiges Ei. Die Schale des Eies brach auf und ein monströses Vogelküken schlüpfte. Es fiel sofort über den alten Mann her. Nick, der alte Mann, konnte sich dem Küken nicht erwehren. Es hackte immer wieder auf ihn ein. Riss ihm Stück für Stück die runzelige Haut vom Leib. Als der alte Mann leblos am Boden lag, stach das Küken ihm die Augen aus.

Diana schreckte auf. Mit Tränen in den Augen zog sie sich wieder an und setzte sich auf die Couch. Sie wartete, wartete auf ihren geliebten alten Mann. Während sie wartete, fiel sie in einen tiefen traumlosen Schlaf.

Am nächsten Morgen wurde sie vom Klingeln an der Haustür geweckt.

***

Nick quälte sich den Berg hinauf. Er wollte die Hütte vor Einbruch der Dunkelheit erreichen. Alles an seinem verfallenden Körper schmerzte, doch er riss sich zusammen und kletterte weiter. Er fing bereits an zu dämmern, als sich das Plateau vor ihm auftat. Wankend, mit letzter Kraft, bewältigte er die steinige Ebene bis zur Holzhütte. Er öffnete die in den Angeln knarrende Tür und ging hinein. Erschöpft, aber auch erleichtert, setzte er sich auf den einzigen Stuhl, der vor einem alten Holztisch stand. Er zog die Waffe aus seinem Hosenbund und legte sie auf den Tisch ab. Nick verschwendete keine Gedanken daran, was noch folgen könnte. Er war zu müde.

Nick verschränkte die Arme auf der Tischplatte und legte seinen Kopf in die gebildete Mulde. Er schlief augenblicklich ein.

***

Noch im Halbschlaf sprang Diana auf und stürmte zur Haustür.

„Nick", rief sie in freudiger Erwartung, als sie die Tür aufriss.

Doch vor dem Haus stand nicht ihre große Liebe, sondern Marlon. Er grinste Diana bitterböse an und stieß sie brutal in den Hausflur zurück.

„So sieht man sich wieder Schätzchen", sagte er spöttisch, wobei er die Tür hinter sich zuzog. „Du hast wohl jemand anderen erwartet, habe ich Recht?"

„Dich habe ich bestimmt nicht erwartet", erwiderte Diana verstört.

„Das kann ich mir denken. Hast ja nie große Stücke auf mich gehalten, aber das wird sich ab heute ändern. Du wirst mich noch anflehen Schätzchen. Es sei denn, du erzählst mir brav, was ich von dir wissen will, dann könnte der Tag anschließend noch ganz schön für dich werden, wenn du verstehst, was ich meine", sagte Marlon und griff sich in den Schritt.

Er zog die Pistole aus dem Holster und drängte Diana mit vorgehaltener Waffe ins Wohnzimmer.

„Wo ist der Junge?"

„Ich weiß es nicht."

„Gut, darum kümmern wir uns später. Wichtiger ist, was in der Nacht passiert ist, als mein Vater ermordet wurde. Ich habe dank deiner schlagenden Argumente ja nichts von alledem mitbekommen. Doch du warst zu dem Zeitpunkt im Haus und solltest es gesehen haben. Bist du und der Junge für das Massaker verantwortlich? Habt ihr meinen Vater umgebracht? Zumindest steht dein Name auf der Fahndungsliste der Polizei. Bevor die dich in die Zange nehmen, solltest du mir die Wahrheit erzählen. Ich habe auch keine Scheu, sie aus dir herauszuprügeln", drohte Marlon.

„Wir haben deinen Vater nichts getan!"

„Wer war es dann, du musst doch etwas gesehen haben? Die Monitore haben das ganze Anwesen gezeigt, somit hattest du die besten Voraussetzungen um den Täter sehen zu können. Oder seid ihr vorher abgehauen?"

„Selbst wenn ich etwas gesehen habe, macht das deinen Vater nicht wieder lebendig."

„Rede keinen Scheiß", brüllte Marlon und schlug Diana mit dem Kolben der Waffe ins Gesicht.

Wütend stieß er Diana aufs Sofa, dabei schlug er erneut zu. Ihre Lippe platzte auf und der fade Geschmack ihres Blutes verteilte sich in ihrem Mund. Marlon presste Diana in das Polster der Rückenlehne und hielt ihr die Pistole an den Kopf.

„Wer hat meinen Vater umgebracht. Sag es mir, oder ich jage dir reinstes Silber in den Kopf!"

„Es war ein Schwarzer!"

„Wie, ein Schwarzer?"

„Ein dunkelhäutiger Mann mit einem Vogelkopf hat Richard Kreuzer getötet sowie Sobich und Rudolf. Ja ich habe alles auf den Monitoren verfolgen können", gab Diana zu.

„Verscheißern kann ich mich alleine. Ich glaub dir kein Wort!"

Marlon nahm die Waffe von ihrem Kopf und drückte ab. Die Kugel fetzte direkt neben Dianas Kopf ein Loch in die Polstergarnitur. Marlon wollte wieder zuschlagen, als Diana ihr Knie in seinen Magen rammte. Marlon richtete sich auf und bekam gleichzeitig einen weiteren Tritt in den Bauch, der ihn zu Boden beförderte. Blitzschnell wuchtete sich Diana hoch, sie stellte sich auf die Sitzfläche der Couch und riss das Schwert von der Wand. Auch Marlon war inzwischen wieder auf die Beine gekommen und zielte auf Diana. Doch ehe er abdrücken konnte, zog Diana geistesgegenwärtig das Schwert aus der Scheide und schlug zu. Die messerscharfe Klinge traf genau auf die Waffe und trennte dabei das obere Glied von Marlons Zeigefinger ab. Die Pistole fiel auf den Wohnzimmertisch gefolgt von Marlons Blut. Der blickte völlig perplex auf seinen blutenden Fingerstumpf und stürzte sich sofort erneut auf Diana. Er riss ihr die Beine weg, sodass sie zurück auf die Couch fiel. Marlons Knie fixierte ihren Arm, der das Schwert hielt. Er legte beide Hände um Dianas Hals und drückte zu. Marlons Blut spritzte an ihr Kinn. Sie versuchte mit der freien Hand nach ihm zu schlagen, doch die Schläge blieben wirkungslos. Wie im Rausch, mit seinem hassverzerrten Gesicht direkt vor dem ihren, drückte Marlon weiter zu. Diana röchelte verzweifelt nach Luft, bis sich ein grauer Schleier vor ihren Augen legte.

***

Falcao fiel als Erstes Marlons Wagen vor dem Haus auf. Er hoffte, dass er nicht zu spät kam. Eilig stellte er sein Motorrad ab. Als er dabei war, seinen Helm abzunehmen, hörte er einen Schuss, der aus dem Haus hallte. Falcao rannte zur Haustür und trat sie einfach auf. Die Kampfgeräusche aus dem Wohnzimmer vernahm er sofort. Mit schnellem Blick erkannte Falcao die Situation. Marlon lag gebeugt über die dunkelhaarige Frau und würgte ihr die Luft ab. Mit wenigen schnellen Schritten hatte Falcao Marlon erreicht. Er packte ihn an den Schultern und schleuderte den kräftigen Mann über den Tisch. Marlon fing den Sturz ab und stellte sich Falcao entgegen.

„Du, du hast meinen Vater getötet. Sie hat es mir gesagt", fauchte er dem dunklen Hünen entgegen, dabei deutete er verächtlich auf Diana.

„Ja."

Falcao hat das Wort kaum ausgesprochen, als sich Marlon auf ihn stürzte. Falcao wich seinem Angriff geschickt aus, dabei schlang er seinen Arm um Marlons Hals. Der versuchte sich aus dem Griff zu befreien und schlug Falcao mit dem Ellenbogen in den Bauch. Der harte Schlag raubte ihm kurz die Luft. Falcao erhöht den Druck seiner Umklammerung, währenddessen sah er aus den Augenwinkeln, wie die Frau mit einem Schwert in der Hand, in den kleinen Flur flüchtete. Falcao packte Marlon mit der anderen Hand in den Nacken. Er drehte Marlons Kopf mit einem Ruck zur Seite, gleichzeitig drückte er mit der zweiten Hand gegen Marlons Nackenwirbel. Das Genick brach mit einem lauten Knacken. Falcao ließ Marlon zu Boden gleiten, wo dieser zuckend sein Leben aushauchte. Anschließend eilte Falcao nach draußen. Die Frau war verschwunden, ebenso wie Marlons Auto. Auch rechts und links der Straße war sie nicht mehr zu sehen.

Zumindest hatte er ihr das Leben gerettet, damit sie ihm eine neue Zukunft schenken konnte. Dennoch stand Falcao vor einer neuen Ungewissheit.

Er ging zurück ins Haus. Er suchte nach einem Anhaltspunkt, der auf den Verbleib des Jungen hinweisen könnte, denn in der Wohnung befand er sich nicht. Falcao suchte so lange, bis sein Blick auf das Foto neben dem Bücherregal fiel. Er betrachtete es lange, erkannte auch ohne technische Hilfsmittel, was über den Bergen am Himmel schwebte.

Nun wusste Falcao, wo sein Weg ihn hinführen sollte.

Zusammenkunft

Als der dunkelhäutige Mann ins Wohnzimmer gestürmt kam und sie aus Marlons Griff befreit hatte, schnappte sie verzweifelt nach Luft. Ihr Blick klarte sich auf, sie sah, wie die beiden Männer gegeneinander kämpften. Für Diana gab es nur eins, den Moment der Unachtsamkeit nutzen und schnellstmöglich fliehen. Sie rappelte sich auf und rannte zur Haustür. Dass sie dabei das Schwert noch in der Hand hielt, war ihr gar nicht bewusst. Instinktiv eilte sie zu Marlons Auto, blickte kurz zurück, und öffnete die Fahrertür. Glücklicherweise steckte der Schlüssel im Zündschloss. Diana startete den Wagen, wobei der Motor laut aufheulte, da sie in ihrer Aufregung zu viel Gas gegeben hatte. Sie ließ die Kupplung kommen und raste davon.

Zunächst fuhr sie ziellos über eine schmale Landstraße. Nur weg. Sie entfernte sich schnell von dem Dorf. Einige Kilometer weiter kam Diana in ein weitläufiges Waldgebiet. Dort bog sie auf den nächsten Parkplatz ein und stellte den Motor ab. Diana zitterte noch am gesamten Leib. Sie musste sich beruhigen, um klare Gedanken fassen zu können.

Was mache ich jetzt? Lautete wieder mal mehr die alles entscheidende Frage, die sie sich stellte. Die Zweite stand im engen Zusammenhang mit dieser Frage.

Wo ist Nick? Ich muss ihn finden!

Diana überlegte, dann dachte sie an den Traum von vergangener Nacht.

Natürlich, er ist in der Berghütte und wartet auf seinen Vater, dem Vogelmann.

Diana war urplötzlich vollkommen sicher, dass Nick sich oben am Berg aufhielt und auf eine Zusammenkunft mit seinem Vater wartete. Daran hegte sie keinen Zweifel. Doch warum? Was wollte er damit bezwecken? Dem Wesen alleine gegenüberzutreten war der Wahnsinn!

Diana musste zu ihm, schnell, da der Vogelmann sicherlich ähnliche Schlussfolgerungen ziehen könnte wie sie. Er würde herausbekommen, wo Nick sich aufhielt. Vielleicht überkam ihm eine ähnliche Eingebung, oder er folgte seinen Instinkten, die er zweifelsohne hatte, denn er stammte nicht von dieser Welt. Er würde zu ihm gehen, und dann? Was wollte er von seinem Sohn, den er nie gesprochen hatte? Töten? Warum sollte er das tun? Welche Beweggründe könnte er haben? Sicher war, dass Nick Hilfe benötigte.

Diana startete den Motor und fuhr zum Fuße des Berges. Der Weg dorthin schien endlos lang zu sein. Die Zeit eilte ihr voraus, sie wurde zu einer Ewigkeit, doch Diana erreichte irgendwann ihr Ziel. Sie lenkte den Wagen, soweit es ihr möglich war, in das Waldgebiet hinein, dann stellte sie das Auto ab und lief zu Fuß weiter. Sie rannte den Wanderweg hoch, stolperte über emporragende Wurzeln, nahm neuen Schwung und sprintete gegen die Ungewissheit. Würde sie zu spät kommen?

Der Wald war menschenleer, es herrschte eine bedrohliche Stille. Das Gelände wurde zusehends unwegsamer und steiniger. Diana verschnaufte kurz, denn ab jetzt musste sie klettern. Als sie wieder zu Atem gekommen war, machte sie sich an den Aufstieg.

Diana hatte es eilig. Die Zeit saß ihr im Nacken und schritt unaufhörlich voran.

***

Falcao fuhr mit dem Motorrad zu einem anderen Ausgangspunkt am Berg. Er näherte sich von westlicher Seite. Dort kannte er sich aus, weil er von dieser Stelle aus auch seinen letzten Aufenthalt gestartet hatte. Dieses Gebiet lag fernab von den mit Touristen bewanderten Wegen. Falcao schob seine Maschine tief ins Dickicht hinein und stellte sie ab. Schnellen Fußes durchquerte er den ersten Waldabschnitt, kam dann zu dem Bach, wo er den Jäger getötet hatte. Etwas weiter oben lag eine Lichtung, zu der er wollte. Etwa eine viertel Stunde später hatte Falcao den verlassenen Ort erreicht. Er war für sein Vorhaben ideal.

Er zog seine Kleidung aus, die er im Gebüsch versteckte. Nackt ging Falcao zur Mitte der Lichtung. Er hielt kurz inne, konzentrierte sich, wobei er in den Himmel hinaufsah. Dann streckte er seine Arme aus und senkte demütig den Kopf.

Die Verwandlung vollzog sich so, wie Corinna sie in Erinnerung gehalten hatte, als sie zu den Göttern aufgezogen war.

Nach nur wenigen Minuten, stand mitten auf der Lichtung ein gewaltiger Vogel, der seine imposanten Flügel ausbreitete und mit erhobenem Haupt, einen ohrenbetäubenden Schrei in den Himmel entsendete. Ein Ausdruck von Macht. Einige aufgeschreckte Vögel verließen fluchtartig die Baumwipfel der näheren Umgebung.

Falcao, der Vogelmann, schlug langsam mit den Flügeln. Das Gras um ihn herum geriet in Bewegung, als er den Flügelschlag erhöhte. Falcao lief einige schnelle Schritte voraus, dann stieß er sich vom Boden ab und schwang in die Höhe. Mit seinen riesigen Schwingen trieb er sich immer höher in die Luft hinauf.

Falcao blickte nach unten, sah die prächtige Natur aus einer völlig neuen Perspektive. Er war von seiner Vollkommenheit überwältigt und genoss das Gefühl von unendlicher Freiheit in vollen Zügen. Bald würden viele seiner Art die Lüfte beherrschen. Die Lüfte und vieles mehr.

Falcao fühlte sich wie ein Gott.

***

Nick fror die ganze Nacht über. Viel schlafen konnte er nicht. Er wanderte stundenlang in der Hütte umher, um sich einigermaßen durch Bewegung warmzuhalten. Er schwelgte in Erinnerungen. Nick dachte unentwegt an Diana, an jenen Tag, an dem er sich mit ihr an diesem Ort leidenschaftlich geliebt hatte. Er wünschte, sie wäre jetzt an seiner Seite.

Er ärgerte sich maßlos darüber, dass er keine Jacke mitgenommen hatte. Nach einiger Zeit, setzte Nick sich wieder auf den Stuhl und versuchte zu schlafen. Es gelang ihm so lange, bis er von dem ersten einfallenden

Tageslicht geweckt wurde. Er bekam Hunger, aber auch daran hatte er vorher nicht gedacht.

Nick nahm den Revolver zur Hand und öffnete die Trommel. Er versuchte eine Kugel herauszuholen, doch seine langen Fingernägel ließen es nicht zu. Er legte die Waffe wieder auf den Tisch ab und zog seine Schere aus der Hosentasche. Nick griff zuerst nach seinem Zopf und schnitt das lange Haar kurz unter dem Zopfband ab. Er ließ es achtlos auf den Holzboden fallen. Anschießend kürzte er seine Fingernägel. Anschließend probierte Nick erneut, eine Kugel aus der Revolvertrommel zu entnehmen. Diesmal funktionierte es. Um seine Fingerfertigkeit zu überprüfen, zog er alle sechs Patronen aus der Waffe und stellte sie nebeneinander auf den Tisch ab. Die umherliegenden Fingernägel störten ihn nicht. Erst jetzt fiel ihm auf, dass die Kugeln aus Silber waren. Warum dem so war, interessierte ihn nicht. Nach und nach führte er alle Patronen wieder in die Trommel ein. Mit jeder Kugel wurde seine Hand ruhiger, was Nick einigermaßen zufrieden stimmte.

Ab jetzt konnte er nur noch abwarten, warten auf die Dinge, die geschehen sollten. Er dachte an den Vogelmenschen, von dem er gezeugt worden war. Was wollte er? Nick würde es erfahren, wenn es soweit war. Er hatte keine Zweifel daran, dass sein Schöpfer kommen würde.

Nick stand auf und ging nach draußen. Die Sonne ging langsam über den Berg auf. Ihre Strahlen erzeugten schon eine wohlige Wärme, die Nick in sich aufsog. Er fühlte sich gleich besser, als die Kälte entwich. Nick blickte über die Hütte hinweg, zu jener Stelle, wo damals der Vogel mit dem Ei aufgetaucht war. Insgeheim dachte er, von dort könnte wieder ein derartiges Wesen erscheinen, doch der Himmel war abgesehen von ein paar Wolken leer.

Nick ging zurück in die Holzhütte und wartete.

***

Erst flogen Vögel auf und davon, dann hörte Diana ein sonderbares Geräusch, so als würde ein gigantisches Segel im Wind flattern. Dann legte sich, wie aus dem Nichts, ein dunkler Schatten über die Bäume. Diana sah sich hastig um, dabei fiel ihr Blick auf einen hochgewachsenen Busch, der ganz in ihrer Nähe stand. Fluchtartig versteckte sie sich unter dem weit gefächerten Gebüsch. Aus dem Schatten wurde etwas Lebendiges. Diana sah es hoch über den Bäumen schweben. Für einen kurzen Augenblick tauchte es in Dianas freiem Sichtfeld auf. Sie traute ihren Augen nicht, als sie erkannte, um was es sich handelte. Ein riesiger Vogel flog über ihr durch die Luft. Er schlug einmal mit seinen gewaltigen Flügeln, dann ließ er sich vom Wind treiben wie ein Segelflieger. Der Vogel entfernte sich, kehrte dann aber um, und kam wieder zurück in Dianas Richtung. Sie machte sich hinter dem schützenden Busch so klein wie nur möglich. Diana hoffte, dass er sie nicht entdeckte, und im Sturzflug über sie herfiel. Doch kurz bevor er direkt über ihr war, drehte das dunkle Geschöpf mit seinen imposanten Schwingen ab.

Plötzlich wurde Diana bewusst, wen sie da gerade gesehen hatte. Es müsste der Vogelmann gewesen sein, der nun vollends zum gefiederten Wesen der Lüfte mutiert war, ähnlich wie Corinnas Erscheinung auf dem Foto. Nicks Vater flog durch die Luft, er flog auf den Berg zu seinem Sohn, der nicht fliegen konnte.

Diana kroch aus ihrem Versteck hervor und kletterte eiligst weiter.

***

Falcao glaubte, am Boden etwas gesehen zu haben. Ein Schatten, der sich rasch bewegt hatte. Er stellte seine mächtigen Schwingen gegen den Wind und flog einen weiten Bogen. Obwohl er sich zum ersten Mal in die Lüfte erhoben hatte, beherrschte er das Spiel mit dem Wind perfekt, als sei das Fliegen immer schon eine angeborene Eigenschaft gewesen, die er sich erst jetzt zu Nutzen machen konnte. Falcao genoss seine errungene Fähigkeit in vollen Zügen. Trotzdem musste er wachsam sein, wollte nicht gesehen werden und möglichst schnell auf den Berg gelangen. Er konnte sich gut vorstellen, dass auch die dunkelhaarige Frau diesen Weg eingeschlagen hatte. Deshalb flog er zu der Stelle zurück, wo er meinte, eine schnelle Bewegung erkannt zu haben. Alles schien ruhig zu sein, er konnte nichts erkennen. Wahrscheinlich hatte er sich getäuscht, oder es hatte sich um ein Tier gehandelt, welches aufgescheucht davongerannt war.

Falcao änderte die Richtung und steuerte sein eigentliches Ziel an. Wenige Minuten später sah er in der Ferne das Bergplateau. Er näherte sich schnell und umflog die Ebene einige Male, um sicherzustellen, dass er nicht in einen Hinterhalt geriet. Er konnte nichts Außergewöhnliches erkennen. Niemand hielt sich auf der steinigen Ebene auf, auch bei der Hütte schien alles ruhig zu sein. Die Tür war geschlossen.

Falcao setzte zum Sinkflug an, breitete seine Flügel aus, und landete wenige Meter vor der Berghütte.

***

Nicks Gehör war nach wie vor hervorragend. So vernahm er auch den sonderbaren Klang, der von draußen in die Stille drang. Nick erhob sich vom Stuhl und stellte sich neben das Fenster. Durch das verstaubte Glas spähte er in den Himmel. Wieder hörte er das Geräusch im Wind, dann sah er ihn. Das gefiederte Wesen kam direkt auf die Hütte zugeflogen und senkte sich langsam auf den Boden. Es faltet seine Flügel zusammen und blickte auf die Hütte. Nick erkannte den knochigen Vogelschädel sofort wieder. Sein Vater war gelandet und wartete auf seinen Sohn.

Nick ging zum Tisch zurück, wo er die Waffe nahm, die er tief in seinen Hosenbund verstaute und mit dem T-Shirt verdeckte.

Er ging zur Tür, atmete einmal tief durch und öffnete sie.

Der Vogel mit dem schrecklichen Antlitz stand nur wenige Meter von Nick entfernt. Er öffnete seinen gebogenen Schnabel.

„Hallo Nick", sagte er gut verständlich. Seine Stimme klang wie die einer alten zahnlosen Frau.

„Hallo Vater", erwiderte Nick gefasst. Er hatte auf diesen Moment gewartet und eine fast unheimlich wirkende Ruhe überkam ihm.

„Du weißt es?"

„Ich habe es geahnt, nie gewusst!"

„Du hast es gewusst, wolltest es nur nicht wahrhaben. Genauso wie ich es nicht wahrhaben wollte, dass du mein Sohn bist, den ich nie gewollt habe. Ja, du dürftest eigentlich gar nicht existieren. Ich wollte eine Tochter, keinen Sohn. Dein Leben ist für mich wertlos, deshalb muss ich es beenden. Du bist alt geworden Nick, sehr schnell alt geworden. Im Gegensatz zu meinem, ist dein Leben nicht mit Unendlichkeit gesegnet. Sterben wirst du sowieso bald mein Sohn, doch bevor es dazu kommt, muss ich, dein Vater, dich töten!"

„Warum?"

„Weil du meiner Zukunft im Wege stehst. Weil du mir mit deinem Dasein meine Manneskraft geraubt hast. Erst wenn ich dir den Tod gebracht habe, ist die Fortpflanzung meiner Rasse gewährleistet. Solltest du nicht durch meine Hand sterben, werden meine Ahnen mich verkümmern lassen, weil ich ihre Anforderungen nicht erfüllen konnte. Vogelmenschen sollen eure Welt bevölkern und ich wurde als ihr Urvater auserkoren. Ich kann es nicht zulassen, dass du meiner Erfüllung im Wege stehst. Ich werde dich jetzt töten müssen, damit ich meine Mission so zur Vollendung bringen kann, wie es mir von meinen Ahnen aufgetragen wurde."

Falcao näherte sich langsam mit bedächtigen Schritten seinem Sohn.

Nick zog die Waffe aus seinem Hosenbund, zielte auf den Vogel und drückte ab.

Als die Kugel in den gefiederten Brustkorb eindrang, flogen einige Federn auf und dunkles Blut quoll aus der Wunde. Falcao zuckte kurz zusammen, dann lachte er verächtlich.

„Damit kannst du mich nicht aufhalten Junge. Für dich gibt es kein Entkommen", krächzte der Vogel.

Nick sah, wie sich das Einschussloch wieder schloss und von neuen Federn verdeckt wurde. Geistesgegenwärtig, als letzten Ausweg, hielt sich Nick die Waffe an den Kopf.

„Doch, ich kann dir entkommen. Was passiert, wenn ich in den Tod fliehe und mein Leben eigenhändig beende?", fragte er ohne jegliche Gefühlsregung.

„Tu das nicht Sohn!"

Falcao stand nun direkt vor Nick. Er schlang seine Flügel um den alten Mann. Nick zeigte keine Gegenwehr, ließ es einfach geschehen. Er hatte bereits mit seinem Leben abgeschlossen.

Sie sahen sich Auge in Auge an. Keiner wich dem Blick des Anderen. Nicks Hand mit der Waffe zitterte. Dann neigte Falcao seinen Vogelkopf zurück, um zum tödlichen Schlag auszuholen.

„Neiiiin!", schallte es durch die Stille der Ebene.

Nicks Finger krümmte sich um den Abzug, als plötzlich der Kopf des Vogels vom Rumpf geschlagen wurde. Er flog im hohen Bogen durch die Luft und landete krachend auf den Felsboden. Blut spritzte wie eine Fontäne aus dem enthaupteten Hals. Falcao wankte, fiel nach vorne, wobei er Nick mit umriss und unter sich begrub. Nick versuchte, den schweren Körper des Vogelwesens von sich zu drücken. Blut strömte weiterhin aus dem kopflosen Rumpf und ergoss sich über Nicks Gesicht. Das Gewicht des Vogels drückte auf seinen Brustkorb und nahm ihm den Atem. Nick röchelte nach Luft, dabei lief Blut in seinen Mund.

In diesem Moment musste er plötzlich an die Prophezeiung denken.

Gehe auf den Berg und trinke den Saft des Lebens!

Nick öffnete den Mund und trank Falcaos Blut.

***

Vor seinen Augen, begann sich ein Kreisel zu drehen. Ein Kreisel mit Bildern aus Nicks Leben. Vorrangig sah er Diana. Er sah, wie er sich mit ihr in der Berghütte liebte. Er sah Bilder mit ihr aus dem Ferienhaus, wo sie schöne Stunden verbracht hatten. Er sah viele Bilder voller Freude und Zuversicht. Der Kreisel schien sich zurückzudrehen. Er sah Corinna, wie sie meditierte. Er sah sich mit Johanna, der netten Verkäuferin. Viele glückliche Momente. Er sah, wie er mit Rudolf auf dem gelben Mäher saß und lachend über den Rasen gekurvt war. Es gab aber auch Bilder von Marlon und Richard Kreuzer, die ihn nur Quick genannt hatten, den wahren Nick aber nie gekannt haben. Er sah Bilder aus dem Krankenhaus, wo sich Diana liebevoll um ihn gekümmert hatte. Er sah sich als kleines Kind. Drei Monate Leben, dann verschwammen die Bilder mehr und mehr. Der Kreisel drehte sich zusehends schneller. Die Bilder verblassten, wurden heller, Blitze zuckten auf, ein Licht begann zu leuchten, bis der Kreisel zu einem einzigen hellen Punkt wurde. Der Punkt, an dem sein Leben begann.

***

Die letzten Meter kamen Diana ewig lang vor. Schwer atmend erreichte sie das Plateau. Sie hörte Stimmen aus der Ferne. Als sie in Richtung der Hütte blickte, sah sie das Vogelwesen vor Nick stehend. Sie schienen sich angeregt zu unterhalten. Vor allem vernahm sie die schrille Stimme des Vogelmannes. Diana befand sich gut fünfzig Meter von den beiden entfernt, dennoch erkannte sie, wie Nick eine Waffe aus seiner Hose zog.

Zunächst langsam und in gebückter Haltung, schlich sich Diana näher heran. Sie hoffte inständig, dass sich der Vogel nicht umdrehen würde und sie bemerkte. Nick hatte ohnehin nur Augen für die vor ihm stehende Bedrohung. Dann fiel ein Schuss. Diana zuckte unwillkürlich zusammen. Als sich der Vogel Nick näherte und seine gewaltigen Flügel ausbreitete, erhöhte Diana ihr Tempo. Sie war nur noch wenige Schritte entfernt. Nick wurde von den Schwingen des Wesens eingehüllt, Diana sah nur noch seinen Kopf und die Waffe an seiner Schläfe. Der Vogelmann neigte seinen hässlichen Schädel zurück.

Diana schrie: „Neiiiin!"

Sie schwang das Schwert hoch über ihren Kopf, holte weit aus, und trennte den Kopf des Vogels mit einem wuchtigen Schlag ab. Blut spritzte in die Höhe. Der Kopf fiel zu Boden, rollte ein Stück zur Seite, bevor er an einem Felsbrocken zum Liegen kam.

Diana war, nach den Strapazen der letzten Stunden, am Ende. Sie nahm noch wahr, wie die tiefliegenden Augen aus dem Schädel sie entsetzt anblickten. Die toten Augen erloschen, der knochige Kopf verfärbte sich und zerfiel zu Staub.

Diana geriet ins Taumeln. Die letzten Kräfte schwanden aus ihrem Körper. Dunkle Schleier zogen auf und vernebelten ihren Geist. Sie senkte sich wankend zu Boden, war der Ohnmacht nahe und konnte keine klaren Gedanken mehr fassen. Diana wehrte sich, doch sie wurde ins Nichts gezogen.

***

Ein Winseln holte sie aus ihrer gedankenverlorenen Ohnmacht zurück in die Realität.

Nick!

Diana schlug die Augen auf und blickte auf einen Berg voller Federn. Der Körper des Vogels schien sich aufgelöst zu haben, war ebenfalls zu Staub zerfallen. Einige leichte Daunen tänzelten im Wind davon. Die größeren Federn bewegten sich wie von geheimnisvoller Hand. Unter ihnen lag etwas und wimmerte leise.

Diana kroch auf Knien zu den mysteriösen Überresten des Vogels und schob das einst prachtvolle Federkleid beiseite.

Sie traute ihren Augen nicht, es war ein Wunder.

Unter den Federn lag ein Baby. Nick, drei Monate alt.

Das Kind war blutverschmiert und lächelte Diana mit strahlenden Augen an. Es zappelte fröhlich in einem viel zu großen T-Shirt. Diana nahm Nick vorsichtig hoch und drückte ihn sanft an sich. Der kleine Junge schmiegte sich an den schützenden mütterlichen Leib. Diana weinte hemmungslos. Sie ließ ihren Gefühlen freien Lauf. Tränen der Freude liefen ihre Wangen herab, dabei küsste sie Nick immer wieder auf die Stirn. Nick wischte mit seiner kleinen Hand ihre Tränen ab und ließ mit seinem Lächeln neue fließen.

Nach unendlichen Minuten des Glückes, säuberte Diana Nick so gut es ging.

Sie konnte es immer noch nicht fassen, so unbeschreiblich war ihre Freude. Diana hatte ihren verloren geglaubten Sohn zurückgewonnen.

Plötzlich kam auf unerklärliche Weise ein stärkerer Wind auf. Er wirbelte die Federn auf und zog sie in die Lüfte. Sie schwebten hoch oben am Himmel wie ein Schwarm davonfliegender Vögel.

Auch Diana wollte nach Hause.

Sie nahm Nick fest in ihre Arme und ging mit dem Baby über die einsame Ebene.

Ein Kind von ihm trug sie unter ihrem Herzen.

ENDE

Weitere Titel des Autors.

Der rote Lotse
Die dunkle Seite der weißen Feder
Verdammte Welt

Alle Werke sind als eBook im Online Buchhandel erhältlich.